Jonas Bek-Anschütz

Witara

-Ruf der Namib-

Bibliografische Information der Deutschen Nationalbibliothek:
Die Deutsche Nationalbibliothek verzeichnet diese Publikation
in der Deutschen Nationalbibliografie; detaillierte bibliografische
Daten sind im Internet über dnb.dnb.de abrufbar.

© 2020 Jonas Bek

Herstellung und Verlag:
 BoD – Books on Demand, Norderstedt

ISBN: 978-3-75199-767-6

Vielen Dank an Irina für das Coverbild, an Flo für den Schriftzug und Barbara für Design und Layout des neuen Covers!

Inhalt

1. Prolog im Sand

Die unsägliche Hitze, die die Sonne an diesem wolkenlosen Nachmittag auf das Land warf, ließ den Sand wie goldene Asche aufglühen. Die dunkelgrünen Sträucher, die hier und dort zu sehen waren; die vereinzelten Bäume, deren knallgelbe, kugelrunde Blüten sich von den fahlen Farben der Dornen und Rinde abhoben; die grasenden Ziegen; die nächtlichen Schreie der Paviane: Sie alle hauchten dieser verzauberten Welt Leben ein. Mitten darin stand ich also, versteckt unter meinem Strohhut, vollkommen überwältigt von dem Anblick, der sich mir offenbarte. Ziellos lief ich durch den Sand, die *Omaheke*, wie sie die Herero nennen, während meine Aufmerksamkeit wie wild vom goldenen Sand zur braunen Erde, von den grünen Tüpfeln der Blätter, zu den Überresten verbrannter Äste sprang, die vom letzten Buschbrand liegen geblieben waren. Nie werde ich dieses Gefühl der Hilflosigkeit vergessen, als mir die Hügel und kleinen Löcher im Sand einen beängstigenden Gedanken durch den Kopf jagten. *Schlangen. Scheiße, hier gibt es Schlangen.* Die romantische Träumerei, in die mich die atemberaubende Schönheit dieses Flecken Erde gefangen hatte, war augenblicklich einer beklemmenden Angst gewichen. Innerlich zitternd, äußerlich bewegungslos, blickte ich mich nach einem Stock um, der mir helfen sollte, einen sicheren Weg nach Hause zu finden. Ich fand nur einen Ast, dessen eine Seite sich in fünf elastische Enden verzweigte. Wie ein Laubrechen, die Zinken ringsherum aufgereiht, federte er sich bei jedem Kontakt mit dem Boden ab, sodass der Stab unkontrolliert in alle Richtungen sprang, statt wie ein Blindenstock auf dem Boden hin und her zu schaben. *Hoffentlich kriegt das hier keiner mit.* Dachte ich beschämt. *Der weiße Typ im Strohhut, der wie von bösen Geistern getrieben mit seinem Stock auf den Boden einprügelt.* Ich blickte mich um. Tatsächlich sah ich nur einen Steinwurf entfernt ein kleines Mädchen, das mich mit offenem Mund anstarrte, nur um sich ein paar Augenblicke später komplett schief zu lachen. Ich stand reglos da und wollte im Boden versinken. „Must I help you, Sir?" rief sie mir grinsend zu und lief mir entgegen. Sie trug ein hellgraues, bunt geschecktes Kleid, ihre dunklen Haare waren zu Cornrows geflochten, die an den Spitzen leicht ausfransten. Ungläubig stellte ich fest, dass sie gar keine Schuhe trug. Ich stand immer noch reglos da, als sie bei mir ankam. Ihre großen, braunen Augen strahlten mich an, als sie schon zu plappern begann. „I am Uja. Are you lost, Sir? Don't be scared, the snakes are sleeping now. Just follow me." Sie streckte mir ihre kleine Hand hin. Nun musste ich auch grinsen, nahm ihre Hand und folgte ihr. Ohne Punkt und Komma erzählte sie mir von ihrem Leben im Dorf, von ihrer Familie, die von der Fischerei im Damm ganz gut lebte, von der Schule, den Lehrern und ihren Lieblingsfächern und löcherte mich mit Fragen über meine Heimat, erzählte mir, dass sie gern schnitzte und, dass ihre Eltern sich wünschten, sie würde lieber mehr im Haushalt helfen.

Am Abend vor meiner Abreise fand ich vor meiner Tür eine kleine Schnitzerei. Es handelte sich um ein liebevoll verarbeitetes Nashorn. Es trug ein großes und ein kleineres Horn und in seinem Gesicht war ein verschmitztes Grinsen zu erkennen. Ich nahm es an mich und fand einen kleinen Brief darunter.

> *„This is Witara. It has Great Spirit. It will guide you on your trip, so you will not get lost again. Uja."*

Gerührt über dieses Geschenk ging ich auf mein Zimmer, um mich schlafen zu legen, als gerade drei gelbe Küken an mir vorbei nach draußen liefen. *Hä?* Ich rieb mir die Augen und sah den Tieren nach, wie sie durch die Haustür verschwanden. Ich sah *Witara* an, er grinste. Ich nahm ihn mit ins Bett und schloss das Moskitonetz um mich. Nachdenklich lag ich da und betrachtete das Holztier. *Ach, Kinder.* Dachte ich noch und spielte mit dem Gedanken, wie es wäre, wenn das Tier wirklich einen *Great Spirit,* eine *Seele* besäße. Wie es wachend unter der Windschutzscheibe sitzt und sich seinen Teil zu uns und der Reise dachte. Wie es seinen Nashornfreunden von uns erzählt, uns leitet und vor Gefahr bewahrt. Was es wohl von den verschiedenen Orten und den Tieren hält, die uns über den Weg laufen. Inmitten dieser Träumerei fiel ich bald in einen unruhigen Schlaf.

2. Aufbruch

Ein grauenvoller Lärm riss mich aus meinem doch recht angenehmen Schlaf. Ein lautes Piepen, das nicht von dieser Welt schien, hämmerte in meinen Ohren. Ich sprang auf, bereit mich zu verteidigen, als das riesenhafte Wesen neben mir seinen Arm ausstreckte und dem Krach augenblicklich ein Ende setzte. Für ein paar Momente saß ich schwer atmend da, während sich der Riese einfach auf die Seite drehte. *Ach ja.* Ich erinnerte mich. Uja hatte mir zur Aufgabe gemacht, auf diesen Menschen aufzupassen. Wie hieß er noch? Jeff? Jorgi? Jansen? Jona... Jonas! Sein Name war Jonas. Und wenn ich das richtig verstanden habe, plante er heute nach Windhoek zu fahren, wo er sich mit seinen Freunden traf, um die *große Reise* anzutreten. Na, da bin ich mal gespannt.

Der Lärm begann erneut. Jonas setzte sich auf, rieb sich die Schläfen und saß eine Weile lang seufzend auf der Bettkante. Er hatte braune, lockige Haare und blickte manchmal so ernst und nachdenklich drein, dass man schon mal den Eindruck bekommen kann, er hätte eine miese Laune. Ansonsten war er recht schlaksig und hatte es gern gemütlich. Er stand auf und wenig später stieg der Geruch von Kaffee in meine Nase.

Zwei Stunden später erreichten wir das Hostel in Windhoek, wo wir mit den anderen Mitreisenden zusammentrafen. Julia hatte volles, blondbraunes Haar und war die einzige mit einem hier gültigen Führerschein. Hannas Haare waren feuerrot, sie hatte sehr weiße Haut und lachte viel. Ihr Begleiter Andy hatte kurze, braune Haare und eine sehr beruhigende Ausstrahlung. Und dann war da ja noch Hilux. Hilux war ein weißer, großer Pick-up mit Vierradantrieb und sehr viel Stauraum. Er sollte uns sicher durch die Landschaften Namibias tragen. Insgesamt waren wir eine bunte Mischung, die sich, wie sich herausstellte, sehr gut ergänzte.

Doch in dieser Geschichte soll es weniger um die Menschen gehen, die ich begleitete, als um das Abenteuer, das wir gemeinsam durchlebten. Schon am folgenden Vormittag ging es los. Ich hatte mich sofort mit Julia angefreundet und saß von nun an direkt bei ihr unter der Windschutzscheibe. Die Reise hatte begonnen...

3. Von Wasser und Durst

Von der Hauptstraße Richtung Norden bogen wir auf eine staubige Schotterpiste, die uns nach Osten brachte. Bald schon erschien am Horizont der abgeflachte, braunrote und von saftig grünem Moos durchwucherte Berg, der sich – je näher wir ihm kamen – wie ein gigantischer Felswall vor uns aufbaute, als ob er eine ferne Welt vor fremden Blicken schützen wollte. Sand und Steine, die heimlichen Wahrzeichen Namibias, bahnten sich in der Hitze der Sonne flimmernd, wie eine Straße, durch die karg bewachsene Savannenlandschaft und verloren sich alsbald am Fuß des *Waterbergs*. „Hammer." raunte Jonas und blickte zu Julia rüber. Diese war mit Fahren beschäftigt, denn auf dem Schotter musste sie sich immer sehr konzentrieren. An ihrer Reaktion änderte das allerdings nicht viel, denn sie war ohnehin sprachlos. Schon bald wurde ihre ernste, konzentrierte Miene von einem sanften Lächeln abgelöst.

Wir fanden einen kräftigen Kameldornbaum, der sich am Rand der Straße gemütlich ausgebreitet hatte und uns den für die Mittagspause nötigen Schatten spendete. Es gab Brot mit Erdnussbutter, Eiern und Käse. Jonas war vollkommen fanatisch nach dieser braunen Pampe, die aus gerösteten Erdfrüchten gestampft und in großen Gläsern verkauft wurde. Während wir aßen, ließen wir die Beine achtsam aus der offenen Autotür baumeln. Denn der Baum, unter dem wir standen, war die Grenze zwischen Weg und *Busch* und so wenig Pflanzen hier auch wuchsen, gab es doch das ein oder andere Gestrüpp, das einem Tier unbemerkt Unterschlupf bieten könnte. Auch wenn es den meisten Tieren zur Mittagszeit ja ähnlich geht wie den Menschen und sie sich am liebsten nur faul vor der Sonne verstecken, wollten wir niemandem aus Versehen den Rastplatz streitig machen. Das Geschirr wurde mit dem Gedanken es später zu spülen in eine der orangenen Plastiktüten von *Shoprite* gestopft, von denen wir so viele hatten, dass wir sie in der etwas größeren *Tütentüte* lagerten.

Zehn Minuten später erreichten wir auch schon das Camp. Es war ein längliches, dicht mit Bäumen bepflanztes Gelände, das so gebaut war, als sollten die Tiere und Pflanzen denken, es gäbe hier gar kein Camp; als wäre die, wenn nicht unmögliche, dann zumindest relativ unwahrscheinliche Anordnung von Kies zu einer Straße, von Ziegeln und Farbe zu Toilettengebäuden, von vielen Wassertropfen zu einem kleinen Pool, zufällig eben genau *hier* und genau *so* in der Natur entstanden. „ECO-Tourism." las Jonas aus der Broschüre vor. „Die Häuser sind hier nur *so und so* klein," erklärte er kurz aufblickend. „und es gibt hier nur *so und so* viele Häuser und *so* wenig bebautes Land und deswegen stört das die Natur wohl weniger." - „Coole Sache eigentlich." erwiderte Julia und sie machten sich das erste Mal daran, die Dachzelte aufzuklappen. Die waren einfacher aufzubauen, als erwartet. Erst die Plane entfernen, ein paar Expander umstecken, dann das Zelt wie eine Truhe aufklappen und die Leiter ausfahren. Danach mussten bloß noch Kleinigkeiten eingerichtet, etwa das Bett bezogen und das Moskitonetz zurechtgerückt werden. Als Julia hochkletterte, hörte Jonas ein anerkennendes Pfeifen. „Is' gar nicht so madig?" - „Nee. Komm mal hoch!" Er stieg auf die dritte Sprosse der Leiter und traute seinen Augen kaum. „Das ist ja ends fett!" Das Dachzelt übertraf wirklich jede Erwartung, eine *richtige* Matratze lag darin, so groß wie ein *richtiges* Doppelbett. Sie räumten ihre Kuscheldecke nach oben und machten sich ans Kochen: Es gab Pap, also Maisbrei, mit Broewors, einer eigenartig gewürzten Brat- oder genauer *Brüh*wurst. Es roch seltsam, doch schien zu schmecken.

Am nächsten Morgen standen wir früh auf und überlegten, wie wir unsere Zeit hier nutzen wollten. Zuerst spazierten wir durch einen grünen, dicht bewachsenen Teil des Geländes, der als *botanischer Garten* am Berg entlang führte. Hier und dort wurden Pflanzen mit einer Informationstafel versehen, die man entweder gleich lesen, oder fotografieren konnte, um sie dann später zu vergessen. Nachdem wir eine Zeit lang durch langes Gras und überhängende Baumkronen gelaufen waren, lichtete sich zu unserer Rechten langsam der blätterne Vorhang und wie aus dem Nichts erhob sich vielleicht hundert Schritte vor uns der Waterberg. Wir legten eine kurze Pause ein und Julia machte sich eifrig daran, dieses Felsmonument zu fotografieren, das von schreienden Vögeln beflogen, im Sonnenlicht mal grün, mal rot funkelnd, noch schöner war, als es sich von der Ferne hatte vermuten lassen. Wir folgten dem Weg weiter, der uns immer wieder Namen und Lebensart bestimmter Bäume erläuterte. „Wart ein Bisschen!" rief Julia belustigt. „Ich steh hinter Dir!" gab Jonas etwas verdutzt zurück. - „Nein, der Baum..." Sie zeigte auf das Schild, vor dem sie gerade stand und las mit der Stimme der Gelehrten: „Wart-Ein-Bisschen-Baum, Wag-'n-Bietjie, oder *ziziphus mucronata* ist ein Baum aus der Familie der Kreuzdorngewächse. Den Spitznamen hat er von seinen Dornen, die wie Widerhaken geformt sind und das Fortkommen erschweren. " - „Witzig." grinste Jonas. Ich musste mir einen Leoparden vorstellen, wie er einen halben Tag lang einem Kudukind hinterherjagt, bis die kleine Antilope - hier am Fuß des großen Berges angekommen - einen Haken schlägt, einen plötzlichen Satz macht und der Leopard sich vor falscher Zuversicht unaufmerksam hinterher stürzend im Wag-'n-Bietjie verfängt; wie sich das Kudu schließlich schnaufend vor ihm hinsetzt und ihn lauthals auslacht.

Bald erreichten wir die Quelle, nach dem der *Fountain Trail* benannt war. Dass es um den Waterberg so grün ist, hat nämlich seine guten Gründe. Der Berg heißt nicht nur so, als gäbe es dort Wasser. Er sammelt tatsächlich eine solche Menge davon, dass es irgendwie befremdlich erschien, war man die Trockenzeit Namibias gewohnt, während der ein vertrocknetes Flussbett das nächste speiste. Im Grunde funktioniert der Waterberg wie ein Schwamm, der auf einem Granitplateau sitzt. Der Schwamm zieht alles Wasser ein, das dann bis zur Granitschicht absinken kann, wo es in Quellen, wie etwa dieser, abfließt.

Nach einer kurzen Pause folgten wir einem anderen Pfad zurück, kamen aber schon bald wieder zum Stehen. Schnell zeigte sich auch, warum: Neben dem Weg, *direkt* neben dem Weg lag ein Kudukopf! Natürlich kein sehr frischer Kudukopf, aber eben ein Kudukopf. Mit Knochen und leeren Augenhöhlen und einem imposanten Paar Hörner, das im Ansatz faustdick war und mindestens zwei Windungen machte. Blödes Kudu, dachte ich angewidert, hätte es sich doch hinter dem Wart-Ein-Bisschen versteckt, dann könnte es heute noch gemütlich Gras fressen und ich müsste mir nicht seinen ekligen, toten Kopf angucken. Die schöne Wiese! Meine Begleiter waren natürlich begeistert...

4. Deutsche Vergangenheit

Zurück im Camp betraten wir gleich den *History Path*. Ein enger Pfad führte uns, begleitet von einigen Informationstafeln, durchs Dickicht auf einen Hügel, von dem aus wir durch Dornenbüsche auf die große, freie Ebene vor dem Waterberg hinunterblicken konnten.

So wunderschön dieses Land und die Umgebung um den Waterberg auch sind, bleiben sie für immer mit der Kolonialgeschichte und dem Völkermord der Deutschen an den Herero verknüpft. Ende des 19. Jahrhunderts kaufte der deutsche Händler Adolf Lüderitz als Erster Land an der Atlantikküste des heutigen Namibias. Im Laufe der nächsten Jahre taten es ihm immer mehr Deutsche nach und ihr Land wurde unter den Schutz des *Kaiserreichs* gestellt. Außerdem wurden Schutzverträge mit Stämmen, wie den Herero oder Nama eingegangen. 1904 fanden die Herero sich schließlich in der Situation, dass durch immer mehr Landkäufe ihre Siedlungsgebiete und so ihre wirtschaftliche Existenz bedroht waren. Sie stellten sich gegen die Kolonialverwaltung und begannen Farmen und Handelsposten anzugreifen. Die Deutschen hatten Schwierigkeiten, dem Aufstand ein Ende zu setzen und entsandten *Lothar von Trotha*, der die Herero, die sich zu diesem Zeitpunkt in das sichere Gebiet des Waterbergs zurückgezogen hatten, ebendort einkesseln und endgültig besiegen wollte. Der Plan, die Aufständischen zu umzingeln und möglichst viele gefangen zu nehmen, misslang, denn die Herero waren mit dem Gebiet und dem Klima besser vertraut. Den Meisten gelang die Flucht nach Südosten in Richtung Omaheke. Der deutsche Befehlshaber ließ ihnen mit geringem Erfolg nachsetzen und gab letztendlich am 2. Oktober in einem Brief folgenden unmenschlichen Befehl:

„Innerhalb der Deutschen Grenze wird jeder Herero mit und ohne Gewehr, mit oder ohne Vieh erschossen, ich nehme keine Weiber oder Kinder mehr auf, treibe sie zu ihrem Volke zurück, oder lasse auf sie schießen.“ [1]

Nachdem in der Schlacht selbst relativ wenige gestorben waren, verdurstete ein großer Teil der Hererobevölkerung in der Trockensavanne der Omaheke, da die deutschen Soldaten die Wasserstellen bewachten. Ein Ereignis, das 111 Jahre verstrichen sein musste, bis es von der deutschen Regierung als *Völkermord* anerkannt wurde.

„Yet another proud moment of german history.“ seufzte Jonas.

---

[1] Jan-Bart Gewald: *The Great General of the Kaiser.* In: *Botswana Notes and Records.* Band 26, S. 74.

5. Durch die Äste ...

... einiger dornenbewachsener Sträucher blickten wir in das Tal, das sich vor uns ausbreitete und in der Mittagssonne schmorte. Über eine Ansammlung von Felsbrocken kletterten wir hinunter. Es war eine lebensfeindliche Gegend. Hier war man der Sonne völlig ausgeliefert. Es gab kaum Wasser und weder Pflanzen, die als Nahrung dienen, noch Bäume, die Schatten spenden konnten. Ich glaube, bis auf Touristen gibt es kaum ein Lebewesen, das hier freiwillig mittags spazieren geht. Ich hatte jedenfalls schon länger kein Wasserloch mehr aus der Nähe gesehen. Hanna und Andy fühlten sich wohl ähnlich und gingen schon mal zurück, während ich mit Jonas und Julia noch eine kleine Runde durch das Tal drehte. Julia bezweifelte lautstark, dass wir noch baden gehen konnten, weil wir ja so bald weiter mussten. Das stimmte mich ein bisschen traurig, denn im Auto würde es zwar nicht so warm sein, aber ich liebte es doch so sehr im Wasser zu plantschen. Und damit war ich nicht allein.

Als wir zurückkehrten, war die Sonne schon sehr wütend, wollte uns bestimmt alle verbrennen. Julia war ein bisschen angespannt, weil sie ja ans Steuer musste und sich daher als verantwortlich für die Fahrt sah. Außerdem plant sie so gerne und das macht sie ausgesprochen gut. Dann will sie aber nicht immer als Einzige meckern, dass niemand mitdenkt. Jonas versuchte, ihr das aus zu reden und nahm sie in den Arm.

Jedenfalls sind wir dann doch noch zum Wasserloch gegangen, obwohl da ganz schön viele Bienen waren. Es wurde aber niemand gestochen und so stiegen wir erfrischt und voll gefuttert ins Auto. Der *Etosha Nationalpark* wartete schon.

6. Etosha I

Bevor wir den Park erreichten, blieben wir noch eine Nacht in *Outjo*. Das lag auf dem Weg und neben dem Städtchen fanden wir einen kleinen Campingplatz. Der Zaun, der das gesamte Camp umschloss, war mit Lichtern versehen, die ansprangen, wenn sie Bewegungen erkannten. Ich fand diesen Ort langweilig und legte mich nach dem Abendessen schon mal hin, während meine Freunde noch herumsaßen und quatschten.

Am nächsten Morgen wachte ich ganz früh auf. Ich war schon total aufgeregt, denn ich wollte unbedingt sofort zum Etosha, weil da soll es so schön sein und ich wollte die Tiere sehen und die Gnus ärgern und die Zebras auslachen. Mit meinem Radau weckte ich meine Begleiter wohl etwas früher als geplant, aber das war mir egal, weil wir dadurch umso schneller aufbrachen. Neben dem Eingangstor saß auf einer Plane eine Gruppe *Himba*, hauptsächlich Frauen und Kinder herum. Die Himba sind Menschen, die glaube ich, vor langer Zeit in diese Gegend gekommen sind, um dann hier zu leben, also wie die *Herero*, nur eben anders. Die traditionell gekleideten Hererofrauen zum Beispiel tragen auf dem Kopf eine bunte Haube, die geformt ist, als hätten sie darunter ein Paar Rinderhörner versteckt. Das machen die, weil sie traditionell ganz viel mit Rindern am Hut haben. Als Viehhirten essen sie oft Rindfleisch und trinken deren Milch, die sie aber erst ein paar Tage stehen lassen. Dann schmeckt sie nämlich cremig und lecker. Die Himba haben so eine Kopfbedeckung nicht, aber man erkennt die, die noch so leben, umso schneller an der rostroten bis rostbraunen Farbe ihrer Haut. Die ist aber nicht echt, also sie kommen nicht mit dieser gefärbten Haut auf die Welt, sondern schmieren sie erst ein. Dafür benutzen sie roten Matsch und irgendein Fett. Das zusammengemischt ist dann ein viel besseres Mittel gegen die Sonne und die fiesen Mücken, als dieses cremige, weiße Chemiezeug, das viele Touristen benutzen. Die Haare tragen junge Mädchen noch fransig und wenn sie verheiratet sind, dann schmieren sie ihr Haar auch mit dieser Erde ein. So haben sie dann statt unzählbaren Haaren, diese zählbaren, rostbraunen Knetstricke. Finde ich ja schlau, weil die Sonne hier unten ganz schön brennt. Außerdem beginnt hier langsam Malariagebiet.

Wir begrüßten einen Mann, der alleine in einem kleinen Hüttchen neben dem Tor saß und gelangweilt an der Haut um seine Fingernägel herumzupfte. Kurze Zeit später betraten wir zum ersten Mal das Gebiet des Etosha Nationalparks in Namibia. Unser erstes Zwischenziel war das Camp *Okaukuejo*, von dem aus wir gleich eine eigenständige Tour machen wollten. Doch schon bald hielten wir das erste Mal an. In der savannenartigen Umgebung konnten wir oft sehr weit sehen, da es hohe Bäume oder dichte Sträucher meist nur vereinzelt gab, während der Großteil der Ebene von Sand und Geröll verschiedener Art und Farbe bedeckt war, die sich hier und da unterschiedlich regelmäßig abwechselten. Meist hielt es sich in hellen braunen bis goldgelben oder grauen Tönen. Bisweilen färbten Moosgewächse große Flächen grün ein. Nicht weit entfernt stand ein *Springbok*, der gerade gelangweilt an seinem rechten Huf schnupperte. Ein Springbok ist eine kleine Antilope, die am Rücken hellbraun ist und am Bauch ganz weiß. An der Seite, sozusagen als Übergang, hat er einen dunkelbraunen Streifen, der sehr charakteristisch ist. Springboks haben außerdem ein weißes Gesicht und ganz lange Ohren, damit sie rechtzeitig die Raubtiere hören und sie haben ein Paar niedliche Hörner, die zwar recht klein sind, aber dafür sehr viel hübscher geformt als die der stinkenden *Streifengnus*. Sie leben in großen Herden, sind also nie allein unterwegs. Es gibt wahrscheinlich nirgendwo so viele von ihnen wie hier, man sieht sie an jeder Ecke. Ich habe mich schon gefragt, ob es hier vielleicht gar keine Raubtiere gibt und schon wollte ich umso mehr eines sehen. Wir fuhren weiter und sahen unentwegt diese frechen Antilopen und bald kamen auch Zebras vorbei. Julia wollte sie fotografieren, aber diese gemeinen Tiere drehten ihr nur den Hintern hin. Sehr unhöflich. Doch auch Zebras kommen selten allein, schon ein paar Minuten später lief wieder eine kleine Gruppe neben der Straße her und wir fuhren ganz langsam heran. Alle waren so leise, als würden sie nicht mal atmen. Die Zebras juckte das kein wenig, sie schienen Autos gewöhnt zu sein. Als wir schon neben ihnen standen, Julia gerade ihre Kamera vorbereitete und Jonas vorsichtig das Fenster herunterließ, blickte eines der komischen Streifenpferde mit seinem überaus dämlichen Gesichtsausdruck genau in meine Richtung. Ich konnte nicht an mich halten und fing prustend an zu lachen. Die Zebras erschraken natürlich zu Tode, sprangen wild auf und rannten davon. Ich fand's lustig, aber die anderen schauten mich nur böse an. Nur Andy konnte sich sein Grinsen nicht verkneifen. Ich bekam ein schlechtes Gewissen und nahm mir vor, mich beim Anblick der Zebras zukünftig zusammen zu reißen. So tasteten wir uns Stück für Stück Richtung Camp und hielten für fast jedes Tier an. Es war unglaublich beeindruckend, überall so viele Tiere herum laufen zu sehen. In Windhoek ist das ja nicht so und ich glaube dort, wo meine Freunde herkommen, auch nicht. In Windhoek gibt es höchstens Grauschreivögel. Die sind grau, mit einem Schweif auf dem Kopf und schreien herum. Schöne Tiere eigentlich. Hier rennen immer wieder Springboks über die Straße. Mittlerweile war es ja schon fast Mittag und extrem heiß; zwar nicht im Auto, denn wir hatten eine Klimaanlage, aber da draußen schon und deswegen hatten sich die meisten Tiere bereits einen Unterschlupf gesucht. Unter den vereinzelten

Bäumen lagen immer wieder Zebras und Springboks. Einmal sahen wir ein *Streifenhörnchen*, das aufrecht stand und sich verwirrt umschaute und eine braune Manguste mit schwarzen Streifen auf dem Rücken, die sich ganz ungestört putzte.

Kurz vor dem Tor zu unserem Camp sahen wir das erste Mal das Tier, das sich auf den Seiten von Einigkeit und Gerechtigkeit auf das Nationalwappen Namibias stützt. Warum diese Tiere über den eigenartigen Worthülsen stehen, von deren Wichtigkeit die Menschen ununterbrochen schwafeln, ohne sich zu einig zu werden, was sie bedeuteten, verstehe ich bis heute nicht. Aber ich finde, man kann sich sehr gut vorstellen, warum ein Tier wie der Mensch, einem Tier wie dem *Oryx* eine solche Stellung auf seinem Zusammengehörigkeitssymbol verleiht. Der Oryx stand alleine bei einem einsamen Baum und tat so als würde er grasen, obwohl wir doch merkten, wie er uns heimlich im Auge behielt. Er war misstrauisch und das zurecht, obwohl wir ihm gar nichts tun wollten. Er war fast dreimal so groß wie ein Springbok und das meiste seines Fells hatte eine wenig deckende, hellbraune Farbe, die ein bisschen dem Dreck ähnelte, der hier überall rumlag. Der Schwanz, der am Ende buschig wurde, war so schwarz wie die Linien, die die Farbe des Rückens von der des Kopfes und den weißen Beinen trennten. Auch sein Bauch war weiß, doch die Magie dieses Wesens lag in der Pracht seines Schädels. Er trug mit großem Stolz eines der prächtigsten Geweihe des afrikanischen Tierreiches. Während sich die Gnus mit mickrigen, gebogenen Kuhhörnern herumschlagen und deswegen zurecht immer traurig ausschauen, trägt ein Oryx zwei Spieße, wie Lanzen auf dem Kopf, die - ringförmig gerillt - länger als seine kräftigen Hinterbeine in den Himmel ragen; Oder, wie eben grade, über den Boden scharrten. Die Stelle, an der die Hörner aus dem Schädel traten, war ebenso schwarz eingefärbt, wie die Spitze der langen Schnauze, die übrigens weniger einem Springbok als einem Zebra ähnelte. Von jedem der ruhigen, dunklen Augen lief ein langer, schwarzer Streifen wie Tränen aus Pech über die Nasenspitze herab und unter der Kehle zusammen. Seine schwarzgetupften Ohren standen in einem solchen Winkel zur Nase, dass der Kopf beinahe gleichschenklig in alle Richtungen ausgerichtet war: Die Schnauze fiel nach unten, die Hörner ragten nach oben, während die Ohren das Gleichgewicht wahrten. Der Oryx hob den Kopf und drehte ihn sachte in unsere Richtung, sodass sein prächtiges Haupt majestätisch über seinem uns seitlich zugewandten Körper prangte und seine warmen Augen uns geheimnisvoll zu lächelten. Wir sollten noch einige dieser Tiere zu sehen bekommen und vor ihrer Schönheit in Ehrfurcht erstarren.

7. Okaukuejo

Wir kamen durch ein großes Tor auf den Parkplatz des Forts, das den Campingplatz umgab. „Hmmmmm." winselte Jonas, als er die Tür öffnete und die trockene, heiße Luft wie eine Welle über ihm zusammenbrach. Es ist immer wieder erstaunlich, wie sehr man sich an Umstände wie diese gewöhnt, dass es im Auto kalt ist, während es sich draußen wie im Innern eines Vulkans anfühlt. Der Parkplatz war funktionell, doch schön angelegt. Die Häuschen für Toiletten, Rezeption und Kiosk waren durch einen gepflasterten Weg verbunden, doch gleichzeitig wuselten zwischen den Bäumen *Maskenweber* und andere Vögel umher, während ein Pärchen misstrauischer *Tokos* alles im Auge behielt. Julia und Hanna kümmerten sich um den Eintritt, während ich mich ein wenig umsah. Die geselligen Webervögel etwa sind ein ganz faszinierendes Völkchen, von denen es viele Arten gibt. Manche sind einfach nur braun gefleckt, manche mit rotem Kopf oder ganz buntem Körper. Die Maskenweber sind knallgelb mit einer schwarzen Maske im Gesicht. Jede Art baut ein für sie typisches Nest, das sie mit ihren Partnern teilen. Der Maskierte baut unzählige Nester, in denen er verschiedene Weibchen einlädt. Je mehr Häuser er baut, desto begehrter ist er natürlich. Sie sind glockenförmig und etwa so groß wie ein Springbokkopf und manchmal hängen ganz viele davon an nur einem Baum. Unzählige Vogelarten flogen über unsere Köpfe weg, sangen, um Weibchen zu beeindrucken oder landeten zwischen den Bäumen, um Grashalme aufzusammeln.

Da wir mit unseren Dachzelten ohnehin unser Lager noch nicht vorbereiten konnten, machten wir uns sehr zügig auf den Weg in den östlichen Teil des Parks. Eine Hauptstraße verlief an der großen *Etoshapfanne* entlang bis zum östlichsten *Camp Namutoni* und dem Osttor über einige Umwege wieder zurück in Richtung Okaukuejo. Die nicht asphaltierten Straßen führten immer wieder an Wasserlöchern vorbei, die wir Stück für Stück abklapperten, beginnend mit *Nebrownii*. Das Wasserloch führte viel und vermutlich regelmäßig Wasser. So war die Umgebung merkbar grüner als der größte Teil des Parkes. Kleine Grüppchen von Zebras und Springboks nutzten die Gunst der Stunde, da noch keine größeren Tiere zu sehen waren. Schnell merkten wir, wie abhängig wir von der Klimaanlage waren. Sobald wir nur ein paar Minuten standen, waren wir der Sonne hilflos ausgeliefert. Das *Ondongab* Wasserloch war schon ausgetrocknet, doch am *Homob* sahen wir schon von Weitem zwei große Vögel mit hellem Gefieder im Wasser stehen. „Sind das Stööörche?" quiekte Jonas ganz aufgeregt, doch Julia klärte ihn auf, die Störche seien jetzt doch noch in Deutschland und kämen erst in ein bis zwei Monaten hierher. „Guck doch mal im Tierführer." Ich habe lange darüber nachgedacht, was sie damit meinte. Die Storchenvögel kommen hierher? Ganz runter bis nach Namibia? Warum tun sie das und warum bleiben sie dann nicht hier, wenn sie von dort weg gehen, weil es so kalt ist? Ich war gespannt und wollte jetzt auch unbedingt Störche sehen. Die Vögel jedenfalls, so stellte sich heraus, waren Paradieskraniche, die in und nahe der Quelle Jagd auf Fische und kleinere Vögel machten. Warum sie so heißen, weiß ich auch nicht. Wirklich paradiesisch sahen sie ja nicht aus, dafür waren sie nicht bunt genug, aber prächtig waren sie schon. Ihr zierlicher Kopf ist hellgrau, fast weiß und sitzt auf einem langen Hals. Ihr Federkleid ist sanft und glatt. Wie maßgeschneidert schmückt es den rundlichen, doch eleganten Körper und endet mit einigen schwarzen Federn, die als einzige fransig nach hinten abstehen. Die beiden schlichen gerade im seichten Wasser herum und vergruben ab und an ihre Schnäbel darin, um nach einem Fisch zu schnappen. Hinter ihnen stöckelte ein verwirrter, kleiner

Springbok herum, während ein Oryx, der vor ihnen leicht erhöht stand, uns geradewegs im Auge behielt.

Auf dem Weg zu den nahe beieinander liegenden Löchern *Sueda* und *Salvadora* sahen wir ein Kuduweibchen alleine durch die mittlerweile graugrüne Dornenbuschsavanne stolpern, als suchte es seine Freunde, die ohne Bescheid zu sagen, abgehauen sind. Ein Kudu gehört ebenfalls zu den schönsten Tieren hier und ist eine der größten Antilopen. Die Fellfarbe eines Kudus ist von einem wärmeren braun, als die des Oryx, doch auch eintöniger. Es ist ähnlich groß, doch die Schnauze verläuft eher nach vorne als nach unten. Die Farbe des Halses und der Beine wirkt etwas ausgewaschener und das Gesicht hat keine so aufwändige Zeichnung. Ein weißer Strich führt von einem Auge zum nächsten, was seinen Blick etwas ernster wirken lässt. Über den Oberkörper verlaufen etwa fünf dünne, weiße Querstreifen. Das besondere an diesen Tieren ist aber wieder mal das Geweih, das nur von Männchen getragen wird. Eine Krone aus zwei spiralförmig verlaufenden Hörnern - je mehr Windungen, desto höher das Alter - schmücken das Haupt eines Kudus und verleihen seinem Auftreten einen königlichen Stolz. Bei Sueda trafen wir auf eine Gruppe von vier Giraffen, die, wenn sie tranken, alles ihrer anmutigen Eleganz aufgaben, indem sie ihre Beine weit möglichst auseinanderspreizten, um überhaupt mit ihrer fast blauen Zunge ans Wasser zu kommen. Doch kaum standen sie wieder aufrecht herum und blickten kauend mit ihrem naiven, doch mitfühlenden Blick Löcher in die Luft, musste der Anblick ihres einzigartig gemusterten, hellbraunen Körpers mit der typisch weißen Maserung den Betrachter trotz der ihre Dümmlichkeit betonenden Hörnchen in Staunen versetzen. Nur wenig später begegneten wir auch einem dieser komischen Vögel, die wir von da an öfter trafen. Die sogenannte Riesentrappe stampfte auf dem Boden herum, war gedrungen und kräftig, doch von ansehnlicher Größe. Über dem braunen Rücken saß auf dem unansehnlich graugeschuppten Hals ein Kopf mit schwarzer Struppelfrisur. Immer wieder sah man den seltsamen und irgendwie unsympathischen Vogel schlechtgelaunt und alleine durch die Savanne stampfen. Sehr bald bogen wir auf den sogenannten *Rhino Drive*. Ich freute mich sehr, ganz viele Nashörner zu sehen. Ich hatte ja noch nie ein echtes Nashorn in der freien Wildbahn gesehen und wünschte es mir doch so sehr. Aber dieser Rhino Drive war total langweilig und da gibt es bestimmt auch gar keine Rhinos, nur ganz viele grüne Bäume neben der Straße und selbst wenn, konnte man sowieso überhaupt nichts erkennen. Julia wies alle darauf hin, mit großer Aufmerksamkeit nach Leoparden Ausschau zu halten, die sich gerne in Bäumen verstecken. Andere Tiere können da nicht hoch, deshalb nehmen sie auch gerne ihre Beute mit nach oben, um sie dort in aller Ruhe zu verschlingen.

Es kamen aber nur ein paar verblödete Zebras heraus, die neben der Straße entlang spazierten und sich von dem riesigen, weißen, brummend an ihnen vorbeifahrenden Tier nicht beeindrucken ließen. Eigentlich waren die Zebras schon ziemlich niedlich, auch wenn sie keine Nashörner waren, denn sie hatten ihren Nachwuchs dabei. Bei Kleinzebras ist das Fell noch ganz struppig, nicht so glatt, wie bei den Alten. Die schwarzen Streifen sind noch braun und die braunen dazwischen noch viel heller. Generell war alles kleiner und dünner und niedlicher. Die Gruppe begleitete uns eine Weile, mal gingen sie vor, mal neben uns oder sie verwirrten alle, indem sie nicht erkennen ließen, was sie vorhatten. Wollt Ihr rüber, sollen wir Euch durchlassen, findet Ihr uns interessant oder habt ihr Angst? Ganz schwierig. Jedenfalls hatte Julia danach eine Menge Schnappschüsse von Zebrahinterteilen. Schließlich liefen sie an ein paar Giraffen vorbei, die zwischen den

31

Bäumen, die sie nur knapp überragten, mit gelangweiltem Blick auf Blättern herumkauten. Wir fuhren wieder in Richtung der nördlichen Hauptstraße. Wir gerieten langsam unter Zeitdruck, denn um 18 Uhr schlossen die Tore der Festung und das Licht, das allem unter sich Farbe gab, begann bereits zu schwinden. Zu diesem Zeitpunkt waren wir schon etwa zehn Stunden im Auto unterwegs und seit wir Okaukuejo verlassen hatten, waren sicher sechs Stunden vergangen. Jonas beschwerte sich schon seit geraumer Zeit über Schmerzen im Sitzbereich, worauf Julia freundlich zurückgab, dass auch sie heute schon zehn Stunden Auto *gefahren* sei und seinen Umstand durchaus nachvollziehen könne. Den Hilux über die holprigen Schotterwege zu lenken ginge auch an ihr nicht schmerzfrei vorbei. Wir entschieden uns auf direktem Wege zum Camp zurück zu kehren, was sich schon bald als gute Entscheidung herausstellen würde. So stockte uns wenig später der Atem, als neben der Straße und auf diese zusteuernd, das anmutigste und schönste Wesen erschien, so gigantisch und wohlwollend, eine Friedfertigkeit ausstrahlend, die sich jeder nur wünschen konnte. Während dieses magischen Moments, in dem die Sonne unterging und die Savanne Namibias in ein mystisches Zwielicht tauchte, stapfte grau wie die Weisheit und imposant wie das Meer, ein Elefant gemächlich über die Straße und langsam in die Ferne davon.

Als der Elefant fort und der Moment verflogen war, setzten wir unseren Weg zügig fort, an einigen Springboks und Zebras vorbei, für die wir nun nicht mehr halten wollten. In schneller Fahrt schrie plötzlich jemand aus voller Kehle von der Rückbank „STOP!" und Julia bremste ruckartig. Ich flog gegen die Windschutzscheibe, prallte ab und landete auf dem Lenkrad. Jonas zuckte zusammen und ich brummte leise. Hanna hatte ein hundeartiges Tier entdeckt, das wir bald durch eifriges Rangieren ausmachen konnten. Es lag gelangweilt im Gras herum und ruhte sich aus. Das Fell war zottelig, braun und mit schwarzen Punkten verziert. „Hyäne!" rief Jonas aus und griff nach dem Tierführer. „Eine… eine…" Julia überlegte kurz „eine Zottelhyäne!" Die Hyäne blickte kurz verschlafen zu uns rüber. „Hmm, genau. Eine *Zottelhyäne*. Steht hier falsch." Jonas nahm den Stift und korrigierte den Namen im Buch. Da hob die *Zottelhyäne* - hellhörig und aufmerksam geworden - ihren Kopf und zog eine Grimasse in unsere Richtung. Bis wir weiterfuhren, beobachtete sie uns und die Umgebung langen Halses. Das Tor war nun nicht mehr weit, doch kurz bevor wir ankamen, hielt uns ein alter Elefant, der sich neben dem Weg zum Futtern eingefunden hatte, von der Weiterfahrt ab. Seine Stoßzähne waren beide kurz, einer schien abgebrochen und sein Rüssel war von schweren Falten durchzogen. Friedlich verblieb er am Wegesrand und aß, uns nicht aus dem Auge verlierend, zufrieden an seinem Dornenbusch. Dabei nahm er den Rüssel, wickelte ihn um einen Zweig, riss ihn ab und steckte sich die Portion mit der Miene eines Genießers ins Maul. „Das ist Manni" beschloss Jonas. Keiner verstand warum. Jedenfalls war Manni ein grauer Riese von gut drei Nashörnern Schulterhöhe, also widersprach erst mal niemand. Die Sonne sank immer tiefer, sodass wir ihrem blendenden Licht entgegen die letzte Strecke überwanden und ins Camp zurückkehrten. Schnell wurden die Schlafquartiere aufgebaut und Nudeln gekocht, bevor die anderen zum Wasserloch des Camps gingen. Ich durfte nicht mit, weil ich aufs Auto aufpassen sollte. Ein wenig traurig war ich da schon, aber da ich eh schon sehr müde war, hatte Julia vielleicht Recht und außerdem bin ich – wie sich herausstellte – ein ganz hervorragender Autoaufpasser. Jonas erzählte mir später, was sie am Wasserloch erlebt hatten und dann war ich doch nochmal ein bisschen neidisch und enttäuscht. Am Rande der Festung waren Bänke aufgestellt, die auf ein Wasserloch ausgerichtet waren, das zum Wildgebiet gehörte. Es war fahl beleuchtet. Manni war gekommen und hatte lange getrunken. Als er verschwunden war, kamen *sieben* Nashörner. Sieben! Sieben Nashörner traten aus dem Dunkeln und tranken am Wasserloch! Ich war ziemlich beleidigt. Jonas und Julia versuchten beide, mich zu beruhigen, dass wir bestimmt noch welche zusammen sehen und dass ohne mich als Autoaufpasser das alles eh gar nicht möglich sei und, und, und... Ich passte gerne auf das Auto auf, so war das nicht. Aber so unbedingt wollte ich doch auch einmal ein Nashorn sehen! Wahrscheinlich, so sagte ich mir, werde ich auch noch unter Tags Nashörner sehen, ganz nah und gut sichtbar und prachtvoll und schön! Und dann passe ich lieber in der Nacht auf das Auto auf, damit wir auch irgendwann, anderswo noch ganz viele Nashörner von Nahem sehen können.

8. Se Srie Laiëns

Am nächsten Morgen standen Julia und Jonas ganz schön früh auf. Es war so dunkel, dass man noch ganz viele Sterne am klaren Himmel sehen konnte. Jonas kochte Kaffee, Julia packte mich ein und dann gingen wir drei gemeinsam zum Wasserloch. Wir kuschelten uns warm und Jonas schlürfte seine bittere, braune Brühe. Da erschien wieder Elefant Manni und warf - den Kopf in unsere Richtung gewendet - grüßend den Rüssel hoch. Ich grüßte zurück und sah zu, wie er im Halbdunkeln des Wasserlochs trank und badete.

Nach einiger Zeit kehrten wir zum Auto zurück, packten zusammen und schickten uns an, pünktlich zum Sonnenaufgang am Tor zu stehen. Wir fuhren nochmals in den Osten von Okaukuejo zu einigen naheliegenden Wasserlöchern. Bei einer Weggabelung, vor der wir gerade noch über die Richtung der Weiterfahrt diskutierten, blitzten plötzlich die Scheinwerfer eines entgegenkommenden Autos zweimal schnell auf. Wir näherten uns dem Blitzer, die Fenster wurden geöffnet und eine mittelalte, blonde Frau meldete mit stark holprigem Akzent „Ser ar srie Laiëns!" Wir bedankten uns und lenkten mit pochendem Herzen in die angezeigte Richtung. Und tatsächlich! Nicht weit entfernt, nur wenige Schritte neben der Straße, lagen in einer Art Schneise zwischen Büschen und Sträuchern zwei Löwinnen schläfrig auf dem Boden, umrandet von den golden glänzenden Halmen des hohen Grases. Mit halbgeöffneten Augen hielten sie abschätzig die Situation im Auge. Sie sahen ganz und gar nicht wie Tiere aus, die ohne einen schwerwiegenden Grund ihr Nickerchen unterbrechen wollten. Sie schlossen also wieder ihre Augen und versuchten noch etwas zu schlummern. Im Auto war natürlich die Holle los. Alle waren völlig begeistert, eines, nein sogar zwei dieser Geschöpfe zu sehen. Natürlich waren wir nicht die einzigen, die diesem Ereignis beiwohnten und so reagierte bald schon eine der zwei faulen Großkatzen, indem sie betont langsam aufstand, sich streckte, noch einmal in die Runde blickte, sich umdrehte und ein paar Schritte weiter hinter einem dichteren Gebüsch hinfläzte. Die zweite blieb noch etwas liegen, bevor sie sich neben ihre Kollegin legte. Etwas später stand auch die dritte Löwin auf, die wir noch gar nicht entdeckt hatten und suchte sich einen ruhigeren Schlafplatz. Sie hatte sogar den Ansatz einer Mähne, deren Haare sich, ähnlich wie beim Zebra, länglich entlang der Wirbelsäule bis zum oberen Rücken zogen.

Wir setzten unseren Weg in Richtung Olifantsbad fort. Ein Name, der für alle sehr vielversprechend klang. Auf dem Weg sahen wir wieder eine Riesentrappe, die mies gelaunt herum dackelte und nach Frühstück Ausschau hielt. Sie lief vor uns über die Straße, als hätte sie diese selbst erbaut und watschelte wieder davon. Da plärrte uns auf einmal irgendetwas von der Seite an und wollte nicht aufhören. Bald entdeckten wir es. Direkt neben uns stand eine kleinere Trappe, brauner, weiß gefleckter Rücken, schwarzer Bauch und Kopf. Es schrie wie ein trotziges Kind im Supermarkt, nur eben vogelartig. Gackeltrappe war sein Name. Sehr bezeichnend wie seine Farbe.

Als wir am Olifantsbad ankamen, sahen wir dort noch kaum Tiere, doch das Wasserloch war voll und das Umland grün und frisch, weshalb wir uns entschieden, hier zu frühstücken. Wir beobachteten ein paar Straußen, von denen einer noch sehr jung war. Seine Federn waren braun statt schwarz und sein Oberkörper weniger dick. Ich versuchte gerade etwas von dem gezuckerten und mit Erdnussbutter verfeinerten Maisbrei zu klauen, als Jonas mit vollem Mund ein Geräusch von sich gab, das sehr stark nach „Schaut mal!"

klang. Durch das das Wasserloch umgebende Gebüsch brach gerade eine Gruppe von fünf Elefanten. Zwei von ihnen waren ausgewachsen, zwei in ihrer jugendlichen Blüte, mit keinem von ihnen würde sich ein Löwe anlegen wollen. Sie stellten sich Kopf an Hintern auf und bildeten einen Schutzwall vor etwas, das wir erst einige Augenblicke später erkannten. „Baby Hatti!" teilte Julia uns mit, was wir sahen. Ein kleiner, kaum sichtbarer und vollkommen unbeholfener Elefant wurde von der ganzen Gruppe umstellt zum Wasser geführt, wo er seinen Durst stillte, während die Großen ihn bewachten. Derjenige Elefant, der in unsere Richtung schaute, sah mit seinen neugierigen Augen verschmitzt herüber. Nach einer Weile warf er plötzlich seinen Rüssel über den Kopf und bleckte uns seine noch äußerst kurzen Stoßzähne entgegen, was vielleicht bedrohlich aussehen sollte, uns aber alle erst mal zum Lachen brachte. Sie tranken abwechselnd und badeten sich ohne je die Sicherheit des Kleinen zu gefährden, während wir das Spektakel schmausend betrachteten. Dabei sogen sie den Rüssel voll und spritzen sich den Inhalt entweder in den Mund oder über den Körper. Es war interessant zu sehen, wie unterschiedlich gut die Einzelnen ihren Rüssel steuern konnten. Der Kleine jedenfalls sah aus, als müsste er aufpassen, dabei nicht zu ersticken. Schließlich lösten die Elefanten ihre Mauer auf, plantschten noch ein wenig herum, bespritzten sich dabei gegenseitig mit Wasser, warfen jeder noch einen kräftigen Haufen auf die Erde und verschwanden, ohne uns aus dem Auge zu verlieren, in dem Dickicht, aus dem sie gekommen waren.

Das Mittagessen planten wir am Wasserloch von Okaukuejo zu uns zu nehmen, welches wir am Tage ja noch nicht gesehen hatten. Anders als erwartet, war das ein großartiges Schauspiel. Viele verschiedene Säugetiere, darunter Zebras, Springboks und Oryxe, badeten und tranken, immer auf der Hut vor möglichen Fressfeinden. Im Hintergrund schlichen vereinzelt Schabrakenschakale herum, hier und da flitzte ein Streifenhörnchen vor etwas davon und zwei Graureiher machten am Ufer Jagd auf unachtsame Kleintiere. In der Krone der prächtigen Akazie daneben versteckten sich einige von Julias Lieblingen, den Grauschreivögeln, vor dem geräuschvollen Treiben. Da hörten wir wieder dieses Geräusch, das wir lange für Windböen gehalten hatten, die kamen und gingen, in ihrer Stärke zu- und wieder abnahmen. Doch dieses Mal erkannten wir die Quelle des vermeintlichen Windes. Ein hochgradig organisierter Schwarm kleiner Webervögel machte sich gerade daran, als Einheit zum Wasserloch zu fliegen, wo ein Vogel nach dem anderen hinunter huschte, einen Schluck trank und sofort wieder aufstieg. Der Schwarm wirkte wie *ein* gigantisches Tier, das sich als größtes hier zum Wasser begab, um aus vielen hundert Schnäbeln zu trinken und schon im nächsten Moment wieder zu verschwinden.

9. Flitterwochen

Wir machten uns auf den Weg nach Westen, wo uns abends das Olifantrus Camp empfangen sollte. Wir kamen an einigen Wasserstellen vorbei, manche waren regelrecht verlassen, andere führten Wasser und boten Platz für einige Antilopen, die im Schatten der Bäume rasteten. Wir fuhren sehr viel herum, zur südlichsten Wasserstelle und zurück. Einige Abschnitte der Straße waren so holprig, dass ich an Jonas Gesicht ablesen konnte, wie gern er darüber schimpfen würde. Da er aber wusste, dass Julia als Fahrerin deutlich mehr einstecken musste, hielt er sich zurück. Schon ab 30 km/h wurden wir kräftig und lieblos durchgeschüttelt. Da mich das Geschaukel immer wieder von meinem Platz unter der Windschutzscheibe herunter katapultierte, wobei ich nicht immer weich landete, quetschte ich mich unter Jonas' Gurt, der mir geistesabwesend den Kopf kraulte. Wir bogen vor einer breiten Wasserstelle ein, da wir dort schon von weitem eine große Zahl Strauße und Zebras gesehen hatten. Als wir näherkamen, bemerkte ich die Anwesenheit vieler bösartig glotzender Gnus, die hier herumstrolchten und sicher irgendwelchen zwielichtigen Geschäften nachgingen. Ich protestierte lautstark, ich wolle mir diese blöden Tiere nicht angucken, die gebe es doch überall; Zeitverschwendung, die sich jetzt an zu schauen, schimpfte ich noch bis ich schlagartig aufhörte zu schnattern. Als wir den Platz besser erkundet hatten, offenbarte sich uns, dass hier nicht nur Gnus und Oryxe ihren Mittag verbrachten.

Direkt am Ufer des Wasserlochs ruhte sich ein Löwenpärchen aus, das, wie Julia erklärte, wohl gerade hier seine Flitterwochen verbrachte. Das Männchen war auf seine Vorderbeine gestützt und blickte mit erhobenem Haupt grimmig umher. Das von Muskeln durchzogene Kraftpaket mit dichtem, braunen Fell war gekrönt von einem riesigen Schädel, die Mähne fiel ihm über die Schultern. Sein Gesicht strahlte Macht aus, die Nase lag lang über dem breiten Maul, dessen gewaltige Zähne alles um ihn in Schrecken versetzen mussten. Die umstehenden Antilopen blieben auf Abstand. Das Weibchen lag ähnlich da, nur nicht ganz so wichtigtuerisch. Ihr Körper war nur minimal weniger kräftig, aber eleganter. Da stand er auf und begann seine Gemahlin mit der Schnauze am Rücken an zu stupsen. Diese reagierte erst lange überhaupt nicht, doch drehte sich, nachdem er nicht aufhören wollte zu nerven, schließlich auf den Rücken. Das Männchen versuchte sich heranzutasten, doch sie wehrte es mit gespreizten Hinterbeinen ab. Leise wurde er von uns angefeuert, irgendwie wollten wir alle sehen, was passierte, wenn er das Machtspiel gewann. Immer wieder versuchte er mit der Schnauze und den Tatzen die Verteidigung zu überwinden, doch sie wehrte ihn jedes Mal ab. Sie tat das mit einer durchtriebenen Anmutigkeit, die ihresgleichen sucht. Sie provozierte und lockte ihn immer wieder aufs Neue an, indem sie ihre Tatzen kurz senkte, aber immer rechtzeitig wieder hochzog. Nach einer ganzen Weile gab der prächtige Großkater tatsächlich auf und legte sich langsam neben seine Partnerin, während sie die Hinterbeine noch ein bisschen ausgestreckt ließ, um wenig später wie tot auf die Seite zu sinken. „Ein Trauerspiel." raunte Jonas leise.

10. Heidenspaß am Wasserloch?

Wir ließen das Pärchen allein und machten uns daran, die letzten Wasserlöcher für heute zu besuchen. Die Dämmerung rückte schon näher, als wir einen einzelnen Elefanten sahen, der an einer kleinen Pfütze seinen Durst löschte. Ein Prachtexemplar, sicher fünf Springboks hoch. Als er sich umdrehte, um seiner Wege zu gehen, bemerkten wir zwischen den beiden hinteren eine Art zusätzliches, besonders gelenkiges Bein, mit dem er sich im Fortgehen noch genüsslich am Bauch kratzte. Auf dem Weg zum letzten Wasserloch sahen wir mitten auf der Straße ein Skelett liegen. Wir näherten uns langsam, denn wir wollten alle zu gern wissen, welches Tier es da erwischt hatte. Es hatte eine lange, gebogene Wirbelsäule mit kräftigem Rippenbogen und es war zu klein für ein Nashorn. Außerdem konnten wir noch Hufe erkennen. Während der Rest des Skeletts bis auf die Knochen abgenagt war, war die Haut von den Füßen bis über die Knie unversehrt geblieben. Ich glaube, Raubtieren schmeckt keine Haut. Andy und Julia machen die jedenfalls immer weg. Naja, der Rest des Zebras schien zumindest gemundet zu haben. Seltsam war es schon, diesen gekrümmten, fleischlosen Körper zu sehen, das Skelett fast bis zur Unkenntlichkeit abgenagt; Und dann doch das Alltäglichste der Welt.

Am letzten Wasserloch erwartete uns ein Highlight dieses ohnehin schon so mit wunderbaren Erlebnissen gefüllten Tages. Eine Gruppe von etwa fünfzehn Elefanten hatte einen Heidenspaß am Wasserloch, wie eine Schulklasse im Freibad. Drei kleine waren dabei, die ulkig versuchten ihre Rüssel zu bedienen, nochmal drei Jugendliche, die es schon besser konnten und mit ihren Gleichaltrigen Wettkämpfe veranstalteten. Alle spritzten sich gegenseitig mit Schlamm und Wasser voll, liefen umher, stießen gegeneinander, tranken und nahmen ein Bad, während sie ihre Umgebung niemals aus den Augen verloren. Hier konnten wir das erste Mal richtig beobachten, wie viel diese Tiere spielten und wie sehr sie dadurch lernten. Ich hatte noch nie Tiere gesehen, die sich so gegenseitig nerven und ärgern können, Späße treiben und füreinander da sind, ja sogar kämpfen, wenn es sein muss. Der Ausdruck im Gesicht eines Elefanten ist von Wohlwollen und Mitgefühl, von Freundlichkeit und Weisheit erfüllt. Seine ganze Erscheinung strahlt etwas aus, das vielleicht nur ein großer Bruder oder eine große Schwester ausstrahlen kann. Unterstützung, Trost, geteilte Gefühle, alles basierend auf vollstem Vertrauen. Und sie bringen sich so viel gegenseitig bei. Wir sahen, wie sich eine ältere Elefantenkuh über einen großen Felsen legte und sich genüsslich vor und zurück bewegte, um sich am Bauch zu kratzen. Es sah urkomisch, aber sehr beeindruckend aus, wie sich ein so gigantisches Wesen über einen Felsen legte, als wäre er eine Walnuss, wie es sich dann mühevoll scharrend daran kratzte und ihrem Kind signalisierte, dazu zu kommen. Eines der Kids, das gerade noch im Wasser geplantscht hatte, kam mit schwingendem Rüssel und breitem Grinsen angerannt, während die Mutter vom Felsen stieg und sich wachend daneben stellte. Der Kleine konnte zwar dort noch nicht hinaufklettern, doch übte er mit zufrieden geschlossenen Augen, seine dicke, graue Haut daran zu scheuern.

Das Olifantrus Camp war das neueste im Etosha Nationalpark und mit sehr viel Liebe angelegt. Es war auch weniger voll. Wir kamen abends an und die anderen kochten sich ein leckeres Abendessen: Rote Beete Salat, dazu etwas Warmes. Es sah zwar echt lecker aus, doch hatte ich wirklich keine Lust, für immer rot zu sein. Der zweite Tag in diesem wundervollen Park ging zu Ende und ich war schon sehr müde von dem ganzen Gefahre. Aber ich glaube, das ging meinen

Freunden ähnlich, vor Allen der fleißigen Fahrerin. Sie gingen noch eine Runde zum Wasserloch und ich passte wieder auf das Auto auf.

11. You worry too much

Am nächsten Morgen frühstückten wir gemeinsam am Wasserloch von Olifantrus. Auf dem Weg dorthin, der über eine kleine Holzbrücke zu einer Art Turm mit zwei Stockwerken führte, erzählte Julia mir von ihrem Abend am Wasserloch. Das Untergeschoss war verglast und auf derselben Ebene wie die Tiere. Um den Turm herum war eine Art Burggraben angelegt. Vom Obergeschoss aus schaute man durch nicht verglaste Fenster auf die Tiere herab.

Dort waren sie also am Vorabend gesessen, als eine Elefantenherde zu Besuch kam. Es war wohl dieselbe Herde, die wir am Nachmittag schon beobachtet hatten und sie blieb eine ganze Weile da. Erst als sie sich langsam davon machte, trauten sich andere Tiere heran, denn ist ein Elefant am Wasser, erstarren die meisten Tiere in Ehrfurcht. Und dann – natürlich nur, weil ich nicht dabei war – kamen wieder einige Nashörner angetrutschelt und tranken, während sich ein Eland zu ihnen gesellte. Elands sind auch Antilopen, die zwar nicht besonders schön, dafür aber riesengroß sind. Sie sind einen ganzen Springbok größer als ein Zebra und zweimal so kräftig gebaut wie ein Leopard. Selbst die Nashörner überragte es. In der halbdunklen Nacht, die von rotem Licht beleuchtet war, funkelten die runden Augen einiger Eulen auf Beute lauernd und stets achtsam vor den herumstreichenden Schakalen. Auf einmal sprang die Aufmerksamkeit aller Beobachtenden schlagartig auf die linke Seite des Turms. Direkt am Burggraben stand nach vorne gebeugt ein Leopard und schaufelte sich, die Augen stets auf die Zuschauer gerichtet, mit seiner Zunge Wasser ins Maul. Er wurde von dem roten Licht angeleuchtet und wirkte nicht gerade entspannt. Um zu trinken, hatte er seinen Kopf zwischen die kräftigen Vorderpfoten gelegt, was die mächtige Schulter- und

Nackenmuskulatur heraustreten ließ. Die Vereinigung eines so bulligen Körpers mit einer eleganten und königlichen Anmutigkeit machen ihn wohl zu einer der wundervollsten Großkatzen.

Wir hatten nun auch den Turm erreicht und sahen ein paar Hyänen höhnisch herumstrolchen. Julia mag diese Tiere sehr, glaube ich. Oder vielleicht findet sie die Hyänen auch nur weniger scheußlich als der gesamte Rest der Tierheit? Wir werden es noch herausfinden.

Nach einem gemütlichen Frühstück starteten wir in Richtung Galton Gate, um dem Park vorerst den Rücken zu kehren und über Kamanjab den Brandberg anzusteuern. In der letzten Stunde vor dem Tor waren alle angespannt und machten sich Sorgen, dass bestimmt das ganze Auto untersucht werde und, dass wir bestimmt ganz viel herumstehen müssen und dabei bestimmt ganz viel Zeit verlieren und, und, und… Jonas dachte an den Rat, den ihm sein guter Freund und Gastgeber Mr. T in Situationen wie diesen gegeben hatte. Wenn er sich nämlich zu viele Sorgen um Dinge machte, die er ohnehin nicht ändern konnte, hatte dieser einfach gesagt:

„Jonas… You worry too much."

Beim Tor wurden nur unsere Reifen desinfiziert und der Kühlschrank kurz begutachtet. Nachdem wir noch ein Formular ausgefüllt hatten, gingen wir begleitet von herzlichen Grüßen unserer Wege.

„Ach, Mr. T… ist irgendwo ein verdammt weiser Mann." gab Jonas anerkennend zu.

12. Brandberg

Bevor wir zum Brandberg gelangten, legten wir einen Zwischenstopp in Kamanjab ein. Bevor wir die Stadt jedoch betreten durften, wurden wir bei einem Roadblock kontrolliert. Ein Polizist begrüßte uns freundlich und fragte als Erstes, warum Jonas nicht fuhr, der wie immer auf dem Beifahrersitz saß.

„Is she a good driver?" fragte er Jonas an Julia vorbei, während diese ihm ihren Führerschein in die Hand drückte. „Yes, she is." gab Jonas zurück.

„But is she a better driver than you?" fragte der Polizist schon etwas verdutzt, während sich Julia vermutlich etwas übergangen fühlte.

„Yeah... She is driving better than me. In fact, I don't even have a license." erklärte Jonas trocken. Der Polizist schien sich auf seinen Kollegen stützen zu müssen, um nicht in Ohnmacht zu fallen. Julia war sichtlich genervt, Jonas grinste nur über das komische Verhalten des Polizisten.

„Man sieht ja schon, dass Frauen hier etwas anders gesehen werden." bemerkte Hanna von der Rückbank und ging mit Julia einkaufen, während die Jungs das Auto bewachten. Die Straßenecke, wo neben dem Supermarkt auch ein Tabakladen und ein Metzger standen, schien so etwas wie der Mittelpunkt des Dorfes zu sein. Daher waren hier nicht wenige Menschen unterwegs. Manche kauften ein, andere gingen ihrem eigenen Geschäft nach. Ein etwas heruntergekommener Typ quatschte Julia an, die ihm nur gelangweilt ein abweisendes Wort in seiner Sprache zurückwarf. Während wir im Auto saßen, sprang plötzlich grundlos die Alarmanlage an. Also stiegen Andy und Jonas aus und stellten sich nach draußen, um von dort alle Ecken des Hilux beobachten zu können. Auch sie wurden nun von ein paar Leuten angesprochen, doch damit hatten sie bereits Erfahrung. Sie wollten ihnen wahrscheinlich das gängige Touristensouvenir andrehen: Die Makalaninuss. Die Dinger sind tatsächlich meistens sehr schön, nur braucht man davon keine zweitausend Stück. In die Haut der geschälten Nuss werden kunstvoll Tiere geschnitzt, wobei Platz für einen Namen gelassen wird. Um die Touristen nicht abzuschrecken, versuchen die Verkäufer oft ein freundliches Gespräch aufzubauen, während dessen sie dann irgendwann nach dem Namen des Gegenübers fragen. Dann ziehen sie eine ganze Ladung ihrer Nüsse hervor und versuchen sie einem aufzuschwatzen. Einige fangen sofort an, den genannten Namen einzuritzen, um einen mit der „Schlechtes Gewissen"-Masche zum Kauf zu nötigen, obwohl man vielleicht gar nicht interessiert ist. Das nervt manchmal, ja, aber es ist ein deutlich ehrenvolleres Geschäft als Diebstahl.

Das Camp war naturbelassen und offen eingerichtet. Als wir zu unserem Stellplatz fuhren, sahen wir einen Strauß neben einem der Häuser herum hüpfen und beschlossen sogleich am Abend zu grillen. Doch zuerst wurde geduscht.

13. Von Irrwegen oder der Macht der Maschinen

Am nächsten Morgen machten wir uns auf den Weg zum höchsten Berg Namibias, den *Brandberg*. Nach einer kurzen Strecke über Teerstraßen ging es über Gravelroads weiter. Stur folgten wir der Maschine, die die Menschen Navigationssystem, oder GPS nennen. Schon bald versandete der Schotterweg immer mehr, bis wir schließlich mitten in einer Sandpiste neben einer kleinen Siedlung das Signal verloren und so dem zuletzt vorgeschlagenen Weg weiter folgten. Der Sand war nicht sonderlich tief, daher sanken wir zum Glück nicht ein. Bald kamen wir an ein ausgetrocknetes Flussbett, das uns im Weg lag. Die Stelle, wo es auf die „Straße" traf, war von Felsen gesäumt. Es war brütend heiß, denn es war schon Mittag und wir überlegten herum, rangierten und maßen aus, um abzuschätzen, ob das Auto da durchkäme. Schließlich wurde der Allradantrieb aktiviert, wir probierten es und mit einem kleinen Wumms kamen wir unten an. Nun mussten wir natürlich auch wieder hochkommen. Andy stieg aus, um Julia sogleich zu versichern, dass das schon gehen muss. Julia war nicht so überzeugt und befürchtete, dass dabei das Auto kaputt gehen könnte. Nichts desto trotz bahnten wir uns weiter einen Weg durch ein Auf und Ab von versandeten, oder felsigen Unebenheiten. Die Straße, die keine war, lag zwischen ehemaligen Flüssen und niedrigem Gebirge, zwischen Sand und Wurzeln, zwischen Gesteinsbrocken und kleinen Bäumen. Alle dreißig Meter stiegen Andy und Jonas nun aus, um als Späher fungierend den Weg abzutasten, die Fahrerin zu führen und den Erfolg, über das nächste Hindernis zu gelangen, abzuschätzen. Schon bald waren wir an dem Punkt, wo wir vor jedem Hindernis fast aufgaben, es aber doch weiter versuchten. Wir waren ja schon so weit gekommen. Jetzt umzudrehen hätte bedeutet, durch noch mehr dieser Bergsteigerei, die Mühen des ganzen Gekletters zunichte zu machen.

Die Hitze war kaum auszuhalten und wir wurden langsam hungrig. Lange Zeit kam keiner auf den Gedanken, dass der Brandberg ein begehrter Ort für Besucher ist, dass er das aber kaum sein könnte, wenn er so dermaßen schwer zu erreichen wäre. Es *musste* einen anderen Weg geben. Nach einigem Hoch und Runter kamen wir beruhigenderweise auf eine deutlich angenehmere Sandpiste, die uns schließlich aber doch wieder nur zur zweiten Etappe führte. Julia, die das riesige Auto mit voller Sorge und Konzentration und trotz sehr hohem Schwerpunkt, ohne zu kippen, durch diese *Unverschämtheit* von einem Weg lenkte, war am Rande der Verzweiflung. All die Verantwortung und der Ausgang dieses Abenteuers schienen nur an ihr zu hängen. An dieser Stelle spreche ich – ohne zu fragen – für alle, denn diese wahnwitzige Aktion wäre ohne Julias Nerven aus mit Carbonfasern verstärktem Stahlbeton nie so gut ausgegangen. Vielleicht hätten wir uns nicht schlimm verletzt, aber ein umgekipptes oder beschädigtes Auto, ja schon ein geplatzter Reifen, mitten im Nichts von Namibias dampfender Savanne ist schon etwas, dass man eher vermeiden möchte. Danke, Julia!

Ein absolut nicht passierbarer Weg brauchte uns schließlich alle zur Vernunft und wir sahen ein, dass es blödsinnig wäre, es hier weiter zu versuchen. Wir traten die ebenso schwierige wie deprimierende Rückfahrt durch all die Hindernisse an, die wir nun zumindest schon kannten. Wir fuhren über die Sandpiste zurück, am Dorf vorbei, bis zur letzten Straße, an der wir ein Signal empfangen hatten. Dort brüteten wir über unserer Karte, berieten uns und zogen ein anderes Navigationssystem zu Rate.

„Und was lernen wir daraus?" fragte Jonas neunmalklug in die Runde, als wir uns wieder auf dem richtigen Pfad befanden. Wirklich keiner wollte das jetzt hören, was ihm auch deutlich gemacht wurde, also murmelte er nur eingeschnappt: „Das ganze Abenteuer hatten wir nur, weil wir uns blind auf eine Maschine verlassen und dabei unser Gehirn völlig ausgeschaltet haben."

14. Sprache

Durch das gebirgige Gelände, dessen weißer und goldener von braunen Sprenkeln durchzogener Schotter die Hitze des Tages krampfhaft versuchte in sich aufzunehmen, kamen wir letztendlich also doch beim Brandberg an. Eine gerade Straße führte direkt in das Felsmassiv, das sich imposant wachsend vor uns aufbaute. Kurz davor aber bogen wir auf einen Weg, der zu unserem Nachtlager führte. Am Abend saßen wir unter unserem eigenen Kameldornbaum und genossen die frische, saubere Luft unter dem freien Sternenhimmel, während wir still hofften, nicht von einem vorbeikommenden Löwen gefressen zu werden. Man hatte uns vorher nämlich mitgeteilt, dass hier Elefanten und Löwen frei herumliefen, die auch gern mal ein Kalb mitnahmen. Ich wollte nicht, dass mich ein fremder Löwe mitnahm, also blieb ich immer ganz nahe bei Jonas und Julia. Die Wolkenfetzen über dem dunklen Brandberg färbten sich im Angesicht der untergehenden Sonne in den schönsten Rottönen. Die Luft kühlte endlich ab und wir kamen langsam zur Ruhe.

Nach dem Sonnenaufgang, den die Wolken verschluckt hatten, fuhren wir zurück zur Weggabelung und steuerten auf die Basis des Berges zu, wo wir bei einer Art Lager parkten und auf unseren *Guide* warteten. Auf einem Schild stand etwas in einer fremden Sprache geschrieben; vielleicht war es Khoekhoegowab oder Juǀʼhoan, die für Europäer fremde, unaussprechliche Laute enthielten. Khoekhoegowab ist eine relativ weit verbreitete Khoisansprache, die in Namibia unter anderen von den Nama und den Damara gesprochen wird. Die für fremde Zungen wohl schwierigsten Laute sind die sogenannten *Klicklaute,* von denen es in Khoekhoegowab vier verschiedene gibt:

ǀ, ǃ, ǂ, ǁ

Der erste Laut - | - klingt in etwa wie das Geräusch, das *manche* gern verbunden mit einem demonstrativen Ausatmen von sich geben, wenn sie genervt sind, etwa weil jemand zu spät zu einem Treffen erscheint. Oder wie das Geräusch, das mehrfach aneinandergereiht von Katzeneigentümern benutzt wird, um diese anzulocken. Er ist, alleinstehend, vielleicht der einfachste der vier Laute. Doch Sprachen bestehen bekanntlich selten aus alleinstehenden Lauten und in einem Wort gesprochen, ist es nun nicht mehr ganz so leicht.

Der zweite Laut > ! < ist ein ziemlich lautes, aber rein klingendes Schnalzgeräusch. Er erinnert ein wenig an einen knallenden Korken und kann daher ziemlich schallen.

Der dritte Laut > ǂ < hört sich recht ähnlich an, ist aber heller als der vorherige. Er ist ein ebenso reiner Laut, der von den Vieren am ehesten wie ein Klicken klingt.

Der vierte Laut > || < klingt ein bisschen wie das schmatzende Geräusch, das manche von sich geben, die nicht wissen, wie man Kaugummi kaut.

Ein Übungssatz, der alle dieser Laute enthält und übersetzt so viel bedeutet wie „Lasst uns tanzen gehen." wäre folgender:

>> |khim !nu ǂhab | |ga. <<

Julia hatte drei der vier „Klicklaute" recht gut gelernt und versuchte sich am Lesen des Schildes. Eine korpulente, wahrscheinlich einheimische Frau, die in der Nähe saß, schmunzelte darüber und fragte staunend: „Where did you learn this?" Sie unterhielten sich ein wenig, während Jonas die englischen Infotafeln las und sich ein wenig umschaute. Gleich neben dem Lager, das eigentlich nur aus zwei Hütten und einer Baustelle bestand, führte eine Art Pass wie ein Flussbett, das sich zwischen zwei Bergen in das Tal gekerbt hatte, direkt durch das Herz des Bergmassivs. Irgendwo dort oben lag der Königstein, der höchste Gipfel des Gebirges. Doch den wollten wir gar nicht besuchen, denn dafür hätten wir ein paar Tage Wanderung einplanen müssen. Wir sollten in den Fußstapfen der Menschen laufen, die sich hier seit bis zu fünftausend Jahren zusammengefunden hatten, um Zeremonien zu feiern und geheimnisvollen Schamanen zu huldigen. Während Jonas noch ganz in Gedanken versunken seine Umgebung betrachtete, kam auch schon ein junger Mann zu uns, der sich als unser Guide Wilson vorstellte. Er erklärte uns in einer kurzen Einführung, dass wir uns bis zur *White Lady* durchschlagen würden und er uns auf dem Weg dorthin einiges über die Geologie, Flora und Fauna, sowie die Menschen erzählen würde, die hier bis zu 40.000 Malereien hinterlassen hatten. Jonas pfiff anerkennend durch seine Zähne, oder sagen wir, er versuchte es, denn meistens kam dabei nur ein von einem grellen Ton untersetztes Rauschen heraus. Wir betraten den Pass, der uns zwischen den Gebirgskämmen hindurch, mal über einen Trampelpfad, mal über Felsen führte, über die wir klettern mussten.

15. Altbekannte Wege

Bewundernd sahen wir zu den Bergen hoch, die sich in Farbe und Form teils stark unterschieden. Wilson erklärte uns zwar den geologischen Aufbau, aber den habe ich mir nicht merken können. Jedenfalls waren es Felsen, die die schöne, weiche Lehmfarbe trugen, die hier so weit verbreitet ist, streckenweise gefleckt von schwarzen Schlieren, oder bedeckt von Steinen, schwarz wie Kohle und gespickt von aus dem Gestein sprießenden Sträuchern. Manchmal erschienen die Massive gebaut, als hätte ein Kind einfach ein paar große Felsen aufeinandergelegt, bis das Ganze groß genug war, dass es Berg genannt werden konnte. An anderer Stelle schienen es die wohlgeformten Bauwerke eines Bildhauers zu sein, die jemand in diese Umgebung gestellt hatte, damit sie sich durch natürlichen Verfall ihrer Umwelt anpassten. Viele Felswände ähnelten der dicken, glatten Haut eines großen Tiers, die vom schützenden Schlammbad mit dunklem Schlick und kleinen Steinchen bedeckt war. Manche Stellen entgingen dem Bad und die sonst so wundervoll braune, steinerne Haut färbte sich unter der Sonne schwarz. Wilson zeigte uns eine sehr seltsame, braune Kreatur, die nur etwas größer als der Kopf eines Springboks war. Die Klippschliefer schliefen zwischen den Klippen, erklärte er, glaube ich, jedenfalls verstecken sie sich da und tollen den ganzen Tag herum. Angeblich sind sie sehr nah mit Elefanten verwandt, sehen aber gar nicht so aus. Sie sind nämlich, wie gesagt, ziemlich klein und haben statt dicker Haut warmes Fell. Einen Rüssel haben sie auch nicht und weder Stoßzahn noch Horn. Und wenn sie aufs Klo müssen, klettern sie erst auf den höchsten Hügel, den sie finden können und entledigen sich bergab die Felsen herunter ihrer Last. Dadurch entstehen diese senkrechten, weißen Streifen, die hier überall zu sehen sind. Jedenfalls waren die hier überall, egal wo man hinschaute, man konnte sich sicher sein, dass dort ein Klippschliefer schlief.

Wilson führte uns weiter und erklärte uns die Maltechniken der Menschen, die hier schon seit so langer Zeit unterwegs waren. Sie benutzten Ockersteine, die sind so gelblich lehmfarben, oder rötlich. Die kann man zerbröseln und mit Wasser mischen. Außerdem stellten sie auch aus geriebenen Straußeneiern, Kohle und Blut ihre Farben her. Er zeigte uns auch ein paar Pflanzen und erläuterte, zu welchem Zweck sie verwendet wurden. Die Samen des Rizinusbaums helfen gegen Verstopfung und mit Kampfer rieben sich die Leute ein, damit sie stanken. Wenn sie stanken, mochten die Fliegen und Moskitos nicht mehr zu ihnen. Das war hier nie schlecht. Nachdem wir uns also einige Zeit voller Bewunderung durch den Felsenpass geschlagen hatten, kamen wir vor einer kleinen Erhebung zum Stehen, zu der eine einfache Holztreppe führte.

Wir standen endlich vor der Malerei der White Lady, die berühmteste der vielen und vielen Kunstwerke, die es hier gab. Die White Lady war aber gar keine Lady, sondern ein Mann. Das war daran zu erkennen, dass Mister Lady einen Bogen in der Hand hielt. Damals hatten Männer wohl immer Bögen und Frauen immer Stöcke in der Hand, weil die Männer jagen gingen und die Frauen, die, also ehm... die Frauen damals... Die haben wohl auch irgendetwas gemacht. Vermutlich kochen? Oder Beeren sammeln? Ich weiß es nicht mehr. Jedenfalls gab es in jeder Gruppe einen alten weisen Mann, den Medizinmann oder Schamanen. Dieser Schamane war der wichtigste der ganzen Gruppe, manchmal inszenierte er Rituale, um Regen fallen zu lassen oder Kranke zu heilen. Bei diesen Ritualen traf sich eine Gruppe und tanzte so lange um ein Feuer herum bis alle so erschöpft waren, dass sie Visionen bekamen, Dinge hörten und sahen, die gar nicht da waren. Manchmal rauchten sie dafür auch eine Pflanze, die hier Dardura genannt wird. Viele dieser Malereien gingen aus solchen séanceartigen Zeremonien hervor. Wilson führte uns das kurze Stück zur berühmten *White Lady*, die ein Wanderer vor etwa hundert Jahren unter einem Felsvorsprung entdeckt hatte, als er eines Morgens schlaftrunken nach oben blickte und Zeichnungen sah, die Menschen und Tiere darstellten. Rings um eine menschliche Figur, deren untere Hälfte in weißer Farbe gemalt war, waren weitere Menschen zu sehen. Die einen hatten Bögen, die anderen Stöcke in der Hand. Zu ihnen gesellten sich viele verschiedene Tiere, Zebras und Springboks, Oryxe und Elands, manche in zwei, andere in mehreren Farbtönen. Es hatte großen Eindruck auf alle, doch am spannendsten fand ich die Vorstellung, wie viele Menschen, über so lange Zeit, so viele Spuren hinterlassen hatten. Als wir fertig bewundert hatten, bestaunte ich mit Jonas noch ein wenig den Ausblick. Ich glaube, auch er war in Gedanken darüber versunken, wie dieser mystische Ort eines Tages ausgesehen und wie die Menschen zu dieser Zeit gelebt hatten.

16. Gentle Giants

> Drei Frauen, vier Männer und ihre Kinder waren unterwegs zu einer ganz bestimmten Höhle im Inneren des heiligen, verbrannten Berges. Eine sternenklare Nacht lag über ihnen. Es hatte schon seit Monaten nicht mehr geregnet und ihre Kinder brauchten Wasser. Der Schamane ||Go|ak ging in der Mitte, die Männer vor und die Frauen hinter ihm. Keiner sprach ein Wort, nur selten gab der Medizinmann eine Anweisung an die Vorhut. Sie waren hier schon einige Dutzend Male gewesen, doch noch nie war dieser heilige Ort so viel besucht worden. Sie folgten dem felsigen Pfad, der sie mal aufwärts, dann wieder abwärts zu den Höhlen führte, die niemand anders kennen konnte. Als sie endlich ankamen, sahen sie zu ihrer Überraschung ein schwingendes Licht aus der nahen Höhle dringen. Sie hörten Gesänge in einer Sprache, deren Klang ihrer eigenen ähnelte, obwohl die Wörter ihnen völlig fremd waren. Der flackernde Schein eines Lagerfeuers warf ein wirres Schattenspiel an die Höhlenwand. Vorsichtig tasteten sie sich vorwärts, um mehr sehen zu können. Ein hochgewachsener, nackter Mann, den Bogen in der Linken, tanzte energisch stampfend und mit ausschreitenden Bewegungen um das Feuer, das seinen Schatten demütig an die ockerbraunen Wände warf. Sein Körper war überströmt von Schweiß und die Asche, die er aufwirbelte, flog wild durch die Luft. Seine Haut war von der Hitze verbrannt und glänzte rotbraun, unterhalb der Taille bedeckte ihn ein Film von Asche. Wie zwei polierte Quarze im Sonnenlicht funkelten seine Augen im Schein des Feuers. Sie schienen Wesen zu erkennen, die direkt vor ihm standen. Plötzlich hielt er ehrfürchtig inne und riss die Arme nach oben. Vor ihm schien sich ein Wesen aufzubauen, das ihn beinahe überragte. Vorsichtig traten zwei seiner Frauen aus dem Hintergrund an ihn heran, jede trug in den Händen das Fragment eines

Straußeneis, jedes davon mit einer anderen Farbe befüllt. In einem war die unverkennbar dunkelrote Farbe menschlichen Bluts zu erkennen, im anderen zerstampfte und aufgelöste Kohle. Die zweite brachte zwei Ockertöne und ein Weiß, hergestellt aus der zerriebenen Schale eines Straußeneis. Sie warteten geduldig hinter ihm, während er seine Vision empfing. Da hielt der Mann inne, richtete sich an die beiden Frauen, nahm ihnen die Malutensilien ab und schritt langsam zur Wand. Mit peinlich genau gezogenen Linien zeichnete er ein Abbild seiner Selbst; seinen Oberkörper in mit Kohle vermischten Ockerfarben, seinen Unterkörper weiß. Es dauerte einige Zeit, bis er schließlich die Hände sinken ließ und eine Weile gebannt sein Werk betrachtete. Dann trat er einen Schritt zurück und kauerte sich auf den Boden, wo er sich kaum noch bewegte.

||Go|ak sah zu, wie zwei weitere Männer aus dem Schatten traten und mit den beiden Frauen ebenfalls zu malen begannen. Als seine Gruppe das letzte Mal hier gewesen war, hatten sie einige mit Wasser befüllte Straußeneier in den Nischen der Höhle versteckt. Verzweifelt suchte er mit den Augen die Stellen ab, wo sich die geheimen Lager befinden mussten. Über einem der Verstecke malte gerade eine der Frauen einen braunen Löwen an die Felswand, dessen Schnauze in die Richtung zeigte, wo die Sonne vor einiger Zeit untergegangen war. *Gut zu wissen*, dachte er. Er wagte sich einen Schritt weiter vor und sah plötzlich das freundlich lächelnde Gesicht einer alten Frau vor sich, die ihn verdutzt musterte. Er fühlte sich ertappt, wollte sich umdrehen und fliehen, doch das neugierige Funkeln in den Augen dieser Frau hinderte ihn daran, sich zu bewegen. Eine furchtbare Angst stieg in ihm hoch. Er versuchte zu reden, zu erklären, dass sie nur etwas Wasser und ihren Begleitern nichts Böses wollten, doch sein Gegenüber blickte ihn nur verständnislos

an. Sie pfiff zweimal und ihr wurde Farbe gebracht, die sie
||Go|ak in die Hand drückte. Sie zeigte auffordernd an die
Wand. Verwirrt trat er heran und begann zögernd, die seltsame Antilope zu zeichnen, die er erst diesen Morgen am
Fuße des Gebirges gesehen hatte. Lange, spitze Hörner auf
einem großen Kopf, der erhaben in die Richtung deutete, aus
der sie gekommen waren. Nachdem der Umriss des Tieres
fertiggestellt war, legte er alle Farben bis auf ein Stück schwarzer Kohle zu Boden und zeichnete hochkonzentriert die
dunkle Maske, die das Gesicht des Oryx vollendete. Der
Mond war schon weit gewandert, als er endlich den letzten
Strich gesetzt hatte. Er drehte sich um und bemerkte verwundert, dass von den Fremden nurmehr die alte Frau zu sehen
war, die ihn nun bei der Hand nahm und zum gegenüberliegenden Höhleneingang führte, wo das Licht des Mondes auf
das große Tier fiel, das sie gemalt hatte. ||Go|ak sah einen
wunderschönen Elefanten vor sich, der seinen Rüssel witternd in die Luft erhob und mit den gewaltigen Stoßzähnen
in eine bestimmte Richtung wies. Sie lächelte. Er strahlte über
das ganze Gesicht, legte die linke Hand auf seinen rechten
Arm und streckte ihn ihr wie zum Dank entgegen. Sie ergriff
seine Hand und drückte sie dreimal. Dann gab ||Go|ak das
Zeichen zum Aufbruch und bis in die Morgendämmerung
folgten sie dem Weg, den der Elefant ihnen gewiesen hatte.

Und tatsächlich fanden sie schon bald das vertrocknete
Bett eines Flusses, das aus dem Brandbergmassiv herausführte. Völlig entkräftet, ohne ein Wort zu reden, folgten sie
dem alten Flussverlauf. Bald stießen sie immer öfter auf die
Haufen einer kleinen Elefantengruppe. Erst als die Sonne, die
noch nicht über den Berg gestiegen war, die Wolken orange-
lila färbte und das Land in einem wundervollen, goldgelben,
rötlich gesprenkelten Licht auflodern ließ, rief einer der Männer laut aus, was er sah.

Von dem Hügel aus, auf dem sie nun standen, sahen sie ein kleines Wasserloch, überragt von einer einzigen prächtigen Akazie, die diesem Schatten spendete. Mitten darin badete fröhlich grunzend eine Gruppe von sieben Elefanten. Erleichtert atmete ||Go|ak auf. Er hatte fast nicht mehr daran geglaubt. Doch die feinfühlige Nase der Elefanten hatte sie letztendlich zu ausreichend Wasser geführt. <

17. Über allen Gipfeln ist Ruh'

Nach dieser Reise in die Vergangenheit war unser nächstes Ziel deutlich lebendiger, trotzdem aber sehr makaber. Der Weg nach Cape Cross führte uns zum ersten Aufenthalt an der Küste Namibias. Es war auf einmal windig und kalt. Wir fuhren letztlich auf einer Teerstraße parallel zum Meer, zu beiden Seiten begleitet von der goldenen Namibwüste, die in diesem Moment eher wirkte, wie ein verregneter Strand, als eine undurchdringliche Einöde. Die Straße wirkte gefährlich glatt durch Feuchtigkeit und plötzlich daher gewehtem Sand. Eigentlich müsste es hier ja auch sehr heiß sein, doch die Sonne war verdeckt von einer dichten Schicht grauer Wolken. Kurz vor Ankunft bogen wir links ein, um in der Nähe des Ufers einen Happen zu essen. Wir saßen auf einem Plateau aus Sand und Kies, von dem einige Angler direkt zum Strand herunterstiegen. Der Wind fegte über unsere Köpfe hinweg und wir schmeckten das Salz der Gischt auf unseren Lippen. Fürchterlich, sage ich! Es war kalt und nass und windig und dieser Salzgeschmack! Ich vergrub mich so tief es nur ging in einer Tasche und wartete, bis meine Freunde fertig waren. Die schienen sich auch nicht einig zu sein, ob sie gerne hier waren. Doch schon bald setzten wir unseren Weg fort, wofür ich von ganzem Herzen dankbar war. Leider hielten wir bald schon wieder an und es wurde ein Fläschchen mit einem seltsamen, stark riechenden Balsam herumgereicht. Dieser Balsam stank so gewaltig, dass ich fast nicht mehr atmen konnte und sie schmierten es sich direkt unter die Nase!

Doch als wir ausstiegen, verstand ich, warum. Sofort breitete sich ein sehr merkwürdiger Geruch aus, der sich im Handumdrehen zu einem grauenvollen Gestank entwickelte. Sehr schnell zeigte sich der Grund dafür. Halbherzig durch Holzplanken abgeschirmt lagen nur hundert Meter von uns entfernt zehntausende Robben am Strand herum! Nebeneinander, übereinander, zwischen und auf lebenden und toten Robbenkindern meckerten und blökten, schrien und kreischten sie. Manch ein älteres Tier lag nur faul herum. Immer wieder waren Junge zu sehen, die verzweifelt übereinander kletternd versuchten, irgendwo in dieser gewaltigen Kolonie zwischen verfaulenden Leichen und aggressiven Alphamännchen ihre Mutter zu finden. Ein wirklich grotesker Ort. Wo man hinsah, wurde gekämpft und umsorgt, aufgenommen und vertrieben, gefüttert und zurückgelassen. Was ein derartig lebendiges Getümmel mit sich brachte, offenbarte diese Robbenkolonie auf unvergleichliche Weise. An jeder Ecke verendeten Tiere. Allein gelassen verhungerten die jungen auf elende Weise, manch ein Neugeborenes krepierte noch in der Plazenta. Von den Älteren starben einige im Kampf um die Herrschaft über einen der Harems.

Leben und Tod am Cape Cross, grauenhaft und unvergesslich. Dieser schaurige Ort hat etwas tief in mir berührt, von dem ich bis heute nicht ganz genau weiß, was es ist.

18. Wohin alles fließt

Unser nächstes Ziel war die Spitzkoppe: Ein Ort, der nicht nur Jahrtausende Menschheits- und wie sich herausstellte, Nashorngeschichte umfasste, sondern in einer Zeitenwende entstand, die die Welt, wie sie damals war, grundlegend verändert hatte.

Der Weg war nicht weit und nachdem wir in Henties Bay, eine der einfachen Kleinstädte im Sand der Atlantikküste Namibias, Vorräte gekauft und Diesel und Gas getankt hatten, hielten wir wenig später mitten im Nirgendwo für eine kurze Pause an. Abwechselnd stiegen wir aus dem Auto, um uns die Beine zu vertreten. Bis zum Horizont, der durch einen recht niedrigen Bergkamm markiert war, umschloss uns eine flache Einöde trockenster Kiesellandschaft, in den einfachen, doch traumhaften Farben, den Sand, Kies und Erde hier zu bieten haben. Die wundersame Komposition hellen, im Licht der Sonne blitzenden Sandes, mit den warmen Brauntönen der Erde, gespickt von einzelnen graugrünen Tupfern, stellte die Vielfältigkeit jeder im Überfluss von Wasser aufgehenden, bunten Pflanzenwelt in den Schatten. Kaum öffnete jemand die Tür, wurde unsere kleine, isolierte Welt, in die wir während der Fahrt immer wieder zurückfanden, schlagartig von Hitze und Dampf geflutet. Die Hitze, die bis dahin bloß faul draußen herum geschwebt hatte, strömte ungestüm herein und breitete sich, ohne nach dem Befinden zu fragen, sofort in jede Ecke des Wagens aus und stellte sogleich ihre Begleiterin vor:

Stille,

unberührte Stille.

Eine Stille wie diese hatte ich noch nicht erlebt. Die einzigen Geräusche, die zu hören waren, kamen von uns. Kein Wind blies, keine Blätter rauschten, kein Vogel sang, kein Fluss plätscherte. Wenn es wahr ist, was die Menschen erzählen, wenn es kein Märchen, keine religiös-spirituelle Illusion ist, dann ist dies hier einer der Orte, an denen sich das seichte, unaufhörliche Fließen offenbart, das nur von der unbekannten Kraft stammen kann, die alles miteinander verbindet.

Wir kehrten allmählich in unsere Welt zurück und die Motorengeräusche zerschnitten die Stille, die die Weiten Namibias so rätselhaft macht. Zu unserer Linken stiegen Berge auf und versanken wieder, bis schließlich ein Gipfel langsam aus dem dampfenden Sandmeer auftauchte, der alle bisherigen Anhöhen überragte und uns bis zum Camp begleitete:

Groot Spitzkop – Die große Spitzkoppe.

19. Witaras Lehrstunde der Weltgeschichte

Entstanden ist diese Gegend übrigens folgendermaßen. Die Welt war ja lange Zeit ganz anders, als sie heute ist. Heute gibt es große und kleine Landmassen und ganz viel Meer. Das war damals genauso, nur eben anders. Die Landmassen unter uns schieben sich bekanntlich andauernd hin und her, trennen sich, rammen gegeneinander und bilden dabei gern Gebirge oder Täler. Im Lauf der Geschichte bestand die Welt mehrmals entweder aus vielen kleineren Stücken oder wurde fast vollständig zu einem großen Brocken zusammengepresst. Da gab es zum Beispiel das Riesenstück, das Pangäa und ein weiteres, viel breiteres, das Gondwana genannt wird. Man muss sich das alles vorstellen, wie ein gigantischer Schokoriegel mit schokoüberzogenem Knuspermantel und Erdnusskaramellfüllung. Der Schokoriegel verformt sich andauernd, weil ganz viele Leute mit aller Kraft an verschiedenen Seiten ziehen oder drücken. Irgendwann kann das der Knuspermantel nicht mehr halten und reißt auf. Das ist aber gar nicht schlimm, weil dann einfach mehrere, kleinere Schokobonbons entstehen. Die austretende, klebrige Erdnusskaramellfüllung klebt dann alles wieder zusammen. Kurz nachdem unser Riegel also einen großen Brocken im Norden verloren hatte, brachen auch im Süden und schließlich im Westen Teile ab, die mehr oder weniger heute noch so existieren. Im Westen entstand dadurch ein klaffendes Loch und ganz viel von dem kostbaren Erdnusskaramell stieg ruckartig nach oben und weichte so den Knuspermantel auf. Es wuchs eine steinharte Erdnuss-Knusper-Schicht empor, über die sich eine noch viel höhere, cremige Karamell-Schoko-Schicht legte, die über die Jahrmillionen abgetragen wurde. Durch das flutartige Aufkochen der Füllung und der Verhärtung mit dem Mantel entstand also dieses Inselgebirge aus sandfarbenem Granit, das sich in runden Bögen über dieses ruhige Flachland ausbreitete.

Eine halbe Ewigkeit später waren es also wir, die zwischen diesen Inseln mit großen Augen in alle Richtungen starrend herumliefen. Da das ganze Gebiet schon ziemlich hoch lag, wirkten die meisten Berge zwar eher wie große Hügel. Weil das Tal aber so flach und eben war, fühlten wir uns dennoch wie Ameisen, die auf einer Wiese mit unzähligen Maulwurfshügeln herumspazierten. Mit dem Unterschied, dass die Landschaft eben nicht saftig grün und krümelig braun, sondern eher fahl gelb und rostig rot war, wobei sich die Farbe des Gesteins hier mit dem Lauf der Sonne sehr schnell veränderte. Unser Lagerplatz war halbseitig von einem Hügel umrundet, niemand anders war von hieraus sichtbar. Jonas und Julia machten sich bald auf, mit mir die Gegend zu erkunden.

Wie wir so zwischen den Hügelbögen hindurch schlenderten, sahen wir überall die Spuren des „Großen Schokoriegelbruchs". Oft lagen kugelrunde Brocken einfach nur herum, einige von ihnen in der Mitte gespalten. Ich konnte mir sehr gut vorstellen, wie hier einst zwei Stücke Knusper-Erdnuss durch eine Karamell-Schoko-Schicht zusammengehalten wurden, bis letztere durch Wind und die unsägliche Hitze weggeschmolzen war. Oft waren diese Granitstücke wie Bauklötze übereinandergestapelt. Vor einem der breiten Hügel stützte ein Stein, der ein ausgewachsenes Nashorn fast ums doppelte überragt hätte, einen ähnlich geformten, doch sechsmal so großen Felsbrocken und bildete dazwischen eine Lücke, in der Julia ganz entspannt stehen konnte. Wir ameisten weiter durch diese magische Steinwüste, suchten nach geeigneten Feuerstellen und liefen schließlich unter einer steinernen Brücke hindurch, die der Hügel wahrscheinlich für die Klippschliefer geschlagen hatte und überwanden die letzten

Schritte bis zum Gipfel. Wir setzten uns und obwohl wir nur dreißig, vielleicht vierzig Schritte geklettert waren, überblickten wir gefühlt halb Namibia. Wir sahen auf den ruhigen Sandkieselozean herab und betrachteten die darauf treibenden Inseln, die jede einzigartig durch Auswaschungen, Brüche, Furchen und Löcher geformt stolz auf dem vereinzelt mit Seegräsern geschmückten Meeresspiegel trieb. Uns gegenüber ganz in der Nähe sahen wir zwei gesplitterte Felsbrocken, auf denen drei kleine Vögel saßen und mit uns die Aussicht genossen. Auch hier war es so ruhig, dass man meinen konnte, die Sonne untergehen zu *hören*.

Nach einiger Zeit stiegen wir hinab und entdeckten einen engen Spalt, der sich als eine Art Geheimweg zu unserem Lager entpuppte. Die Sonne hatte bereits begonnen, langsam von ihrem Thron zu steigen und tauchte die Hügellandschaft in ein Licht, das diese Welt vollkommen verzauberte. Die hellbraunen Farben des Tages wandelten sich langsam zu einem warmen gelb, um alsbald fließend in das satte, rötliche braun des Abends überzugehen. Noch während der Dämmerung erschien ein weißer, kugelrunder Mond und begann seine nächtliche Wanderung, die ihn in einem weiten Bogen über das Gebirge führte. Direkt neben unserem Lager fanden wir eine schöne Feuerstelle. Der Platz lag leicht erhöht, sodass das Feuer unseren Ausblick geheimnisvoll in verschiedenen Farben tänzeln ließ. Wir schmausten und ratschten, atmeten die kühle Luft und blickten stumm durch die lodernden Flammen auf das vom Mond nun in silbriges Licht getauchte Land. Andy hatte die eigenartige Idee, Zwiebeln als Ganzes ins Feuer zu werfen, um sie später herauszufischen und die einzelnen Schichten mit Salz zu servieren. Selbst die Zwiebeln verachtende Julia fand das Ergebnis mehr als akzeptabel. Mir drehte sich schon beim Gedanken der Magen um.

20. Menschen und Nashörner

Am nächsten Morgen suchten wir uns einen anderen Schlafplatz. Er war weiträumiger und von verschiedenen größeren Hügeln umgeben, von denen nur einer ohne weiteres begehbar war. Dieser lag wie eine Welle geschwungen vor uns. Halb in Felsritzen versteckt tummelten sich etliche Klippschliefer, die hier überall ihre Malereien hinterlassen hatten. Der Hügel verlief sich in verschiedene Richtungen, hier und da öffneten sich Spalten, immer wieder ging es rauf und wieder runter, sodass kaum abzuschätzen war, wie weit er sich erstreckte. Auf einer kleinen Anhöhe saß ein steinernes Schwein, wie auf einem Thron faul herum.

Nach dem Frühstück wanderten wir etwas herum und sahen einige dieser komischen Vögel, die es hier überall gibt. Die Tokos leben in Bäumen und sind von mittlerer Größe. Sie haben einen viel zu langen und dicken Schnabel, der manchmal grau und manchmal rot gefärbt ist. Ihr Blick ist meistens irgendwo zwischen böse und misstrauisch. Sie gehören zur Familie der Nashornvögel, was ich allerdings für eine sagenhafte Übertreibung halte. Jedenfalls haben die jedes Mal eine sehr starke Wirkung auf meine Begleiter. Ich meine, es sind nun wirklich interessante und ansehnliche Vögel, deren Schnäbel ihnen etwas Besonderes verleihen, aber schaut man ihnen einmal in die Augen, merkt man sofort, dass man ihnen nicht trauen kann. Das sagt man aber lieber nicht zu laut.

Wir heuerten einen Guide an, der uns in die sonst geschlossenen Bereiche dieser prächtigen Gegend führte. Benny fuhr mit uns zum Zaun, der eine weite Fläche vom Campingplatz trennte, stieg aus und öffnete das Gatter. Dahinter lebten einige Zebras und Pferde, die hier ganz in Ruhe grasen konnten. Wir stiegen aus und wanderten zu Fuß zu einer Felswand. Wir sahen einige Zeichnungen, unter anderem einen Strauß, einen Elefanten und einen Löwen. Dies waren aber nicht nur kunstvolle Darstellungen, erklärte Benny, sondern sie haben teilweise auch zur Nachrichtenübermittlung zwischen verschiedenen, umherziehenden Gruppen gedient. Hatte eine Gruppe ein gefährliches Raubtier gesichtet, zeichnete sie einen Löwen an die Wand, um Nachzügler zu warnen. Hatten sie Wasser entdeckt, wurden Elefanten oder Strauße gemalt. Manchmal, wenn die Gruppe Wasser im Überfluss hatte, füllte sie es sogar in ein Straußenei, verplombte und vergrub es an einer markierten Stelle in der Erde. Wofür? Wenn andere voller Durst diese Gegend aufsuchten, fanden sie dann ein Wasserdepot.

>*In Africa we share.*< erklärte Benny.

Die wichtigste Malerei aber war die eines großen und beeindruckenden Nashorns, die darauf hinwies, dass es diese schon damals gab und die Menschen sie damals schon toll fanden.

Anderorts war inmitten eines begehbaren Spalts, wo eine Wildfeige direkt aus dem Felsen wuchs, halb versteckt die Zeichnung einer gestreiften, goldenen Schlange zu erkennen. Die *Golden Snake* verlief seitlich einige Meter an der Wand entlang, verschwand in einem Loch und kam weiter hinten wieder heraus. Eine klare Warnung, dass es hier eine gefährliche Schlange gegeben haben muss, die sich gut verstecken und unbemerkt wiederauftauchen konnte.

Zu guter Letzt betrachteten wir fassungslos das lebensgroße Abbild eines Medizinmannes mit geschmücktem Kopf, das nur noch schwer zu erkennen war, da es eine ganze Reihe idiotischer Holzköpfe, teils mit persönlichen Insignien, teils schlicht formlos, zerkratzt hatte. Das beantwortete auch die Frage, warum dieser Teil nur mit Führer zugänglich ist.

Zur Mittagszeit gingen wir Burger essen und ruhten uns ein wenig aus. Am späten Nachmittag, als sich Hanna und Andy ums Feuer kümmerten, stiegen Julia, Jonas und ich auf die Anhöhe neben unserem Lager und beobachteten eine Klippschlieferfamilie, wie sie herumblödelte. Wir sogen den Ausblick auf das dampfende Sandmeer in uns hinein, bis die Sonne untergegangen war. Als wir zu den Anderen herabstiegen, sahen wir, wie sich direkt der Sonne gegenüber der Mond in seiner ganzen Pracht über den Berg erhob. Im Zwielicht der noch ein letztes Mal auflodernden Glut der Sonne saß ein ins Dunkel getauchter Klippschliefer einsam auf dem Felsschwein und wachte über den Einbruch der Nacht.

21. Die letzte Kolonie sozusagen

Swakopmund ist eine merkwürdige Stadt. Benannt ist sie nach dem Fluss Swakop, der hier ins Meer *mündet*, aber das meine ich nicht. Sie liegt ebenfalls an der Atlantikküste und ist mit dem naheliegendem Walvis Bay und dem südlichen Lüderitz eine der wichtigsten Küstenstädte Namibias. Dementsprechend ist es hier oft kalt, neblig und nass. Gleichzeitig liegt Swakopmund aber mitten in der Wüste Namib, wo es naturgemäß ja eher heiß, sandig und trocken ist. Viele der Bodenschätze und Minen befinden sich in dieser Region. Das seltsamste aber ist die Art und Weise, wie die Stadt aufgebaut ist. Von 1884 bis 1920 war dieses Land eine Kolonie des Deutschen Kaiserreichs, steckte also in einer der Situationen, die man möglichst zu vermeiden sucht. Da es damals noch keine Flugzeuge gab und man sich entsprechend viel mit dem Schiff fortbewegte, kam Küstenstädten eine besondere Bedeutung zu. Obwohl Namibia nun schon länger keine deutsche Kolonie mehr ist, finden sich in Swakopmund noch viele Spuren hiervon. Die Innenstadt ist nicht sonderlich groß, daher kommt man von der Bismarckstraße recht zügig am Hohenzollernhaus vorbei über das Alte Amtsgericht, zur Strandstraße. Hier leben relativ viele Weiße und die deutschen Spuren sind so allgegenwärtig, dass es einem sehr schwerfällt, dieses grausige Kapitel Namibias zu vergessen.

Die Wohnung, in die wir uns eingemietet hatten, lag in einem reichen Viertel. Dort angekommen fanden wir vorerst niemanden vor und warteten eine halbe Stunde. Unpassenderweise platzte jedem einzelnen der vier schon bei Ankunft fast die Blase. Zum Glück kam die Gastgeberin – eine ältere, etwas eigene, aber liebenswerte Dame – noch rechtzeitig und führte uns durch eine unerwartet geräumige und fürstlich eingerichtete Wohnung mit zwei Schlafzimmern und zwei Toiletten.

Der Aufenthalt in Swakopmund diente uns als Regenerationsphase. Alle waren froh, mal wieder unter einem Dach mit einem richtigen Bett und einem eigenen Klo zu leben. Nachdem wir die Leiter des hinteren Dachzeltes abmontiert hatten, um den dicken Hilux in die Garage zwängen zu können und das wichtigste Gepäck verräumt war, legte ich mich zu Jonas und Julia ins Bett und sie erzählte von ihrem ersten gemeinsamen Aufenthalt in Swakopmund.

22. Zwischen Atlantik und Namib

Sie waren vor ein paar Monaten schon einmal hier gewesen, um die Zeit totzuschlagen, in der sie auf irgendein komisches Papier warten mussten. Damals gingen sie einen ganzen Tag nur am Strand entlang. Der kalte Wind blies stark und da Jonas seine Ohren gerne behalten wollte, versuchte er mit mäßigem Erfolg aus seinem Schal eine Art Kopftuch zu basteln, was ihn die erste Stunde der Wanderung beschäftigte. Sie gingen direkt am Meer entlang über hübsch angelegte Wege, die von grünen Pflanzeninseln umsäumt waren. Diese beherbergten mal bunte, exotische Blumen, mal Kakteen oder niedliche Bäume und waren besser mit Wasser versorgt als so einige Menschen. Am Rande der Stadt entdeckten sie nicht weit vom Ufer einen Tümpel, in dem ein Reiher, einige Enten und eine Gruppe seltsamer Vögel hausten, die ihnen irgendwie bekannt vorkamen. Sehr bald verstanden sie, dass es sich um Flamingos handelte und beobachteten sie voller Freude. Einige Male hoben sie ab, (was bei diesen Tieren übrigens mehr als bescheuert aussieht) zogen einen weiten Bogen über die Köpfe der Beiden, um danach gleich wieder im selben Gewässer zu landen.

Die beiden wanderten weiter bis sie, längst aus der Stadt hinaus, eine Veränderung der Landschaft bemerkten. „Kurze Zeit später standen wir völlig unvermittelt inmitten der Namibwüste, umgeben von der totenstillen, unendlichen Weite goldenen Sands auf der einen und den stürmischen Wogen des Atlantischen Ozeans auf der anderen Seite.", schloss Julia ihre Erzählung.

23. Kampf im Sand

Von da an brannte ich darauf, endlich in die Wüste zu kommen, mich im Sand zu wälzen und herum zu wandern. Ich kannte den Reiseplan bis dahin noch nicht, konnte also nicht ahnen, was auf mich zukam.

Am nächsten Morgen fuhren wir zur Düne 7. Eine Düne, das ist eigentlich nichts anderes als ein gigantischer Haufen Sand. Nur wird dieser Sand nicht von Baggern an eine bestimmte Stelle transportiert, sondern vom Wind. Der Wind hat viel mehr Gefühl für Ästhetik, deshalb sind diese riesigen Sandhaufen auch nicht so langweilig, wie man vielleicht meinen mag, sondern ziemlich beeindruckend. Viele Dünen wandern gern umher, der Wind trägt sie mal hier hin, mal dort hin. Im Prinzip machen sie also nichts anderes, als wir. Die *Düne 7* ist aber eben keine Wanderdüne, sondern eine *gebundene*, das heißt sie bleibt, wo sie ist. Das tut sie, weil sie unter sich Pflanzen hat wachsen lassen, die ihr ein festes Fundament gegeben haben. Jedenfalls hatten wir wohl vor, an ihr hochzuklettern, ein wahnwitziges Unterfangen, das sich als deutlich anstrengender herausstellte, als vermutet. Jonas sah es als sportliche Herausforderung und gab von Anfang an Vollgas, während ich bei der etwas gemächlicher kletternden Julia mitdurfte. Knapp vor der Hälfte wurde Jonas schon um ein Vielfaches langsamer, bis Julia ihn einholte und sie sich gemeinsam weiter hoch kämpften. Das gemeine an diesen Dünen ist ja, dass sie aus Sand sind. Und Sand ist kein guter Untergrund zum Klettern, deswegen rutscht man mit jedem Schritt, den man macht, einen halben Schritt zurück. Nach zehn Minuten der Höchstleistung und fünf Minuten Schnappatmung saßen wir also am höchsten Punkt der Düne und blickten auf das Umland. Während es auf der Seite, von der wir gekommen waren, einigermaßen eintönig und steil abfiel, entpuppte sich die Rückseite zu einer Art in der Sonne glänzendem Sandgebirge, das sich in Tälern abfallend und in Kämmen aufbäumend irgendwo in der Ferne verlor. Schweigend genossen wir die Aussicht bis auch Hanna und Andy ankamen und alle ihre bis zum Rand mit Sand gefüllten Schuhe ausleerten. Am Fuß der Düne fuhr gerade ein Bus vor, aus dem vielleicht fünfzig Schüler strömten und unverzüglich anfingen, wie eine Armee kleiner Äffchen, die Düne heraufzustürmen, während die Hand voll erwachsener Begleitpersonen noch mit dem Aussteigen beschäftigt war. Schon bald teilte sich die Gruppe auf. In diejenigen, die noch im unteren Drittel herumdrucksten und wohl bald aufgaben und die anderen, die sich mal schneller, dann langsamer nach oben kämpften, insgesamt jedoch durch zu halten schienen. Bald löste sich ein kleines Mädchen mit pinkem Oberteil von der Gruppe ab und baute einen immer größeren Vorsprung zu den anderen auf. Doch auch sie merkte bald, wie viel schwerer es wurde, je länger man stieg. Sobald sie sich verlangsamte, holte ein Junge mit weißem Laibchen sofort merkbar auf, worauf sie beide in einem eisernen Wettkampf nach oben eiferten.

Als sie schließlich das Ziel erreicht hatten, genossen wir unser frisch erlangtes Privileg und jubelten den beiden und allen anderen, die es geschafft hatten, begeistert zu. Ich meine, dass jeder, der diese Düne bestiegen hat, das auch verdient. Die beiden Schlingel bedankten sich jedenfalls höflich und jagten sich, ohne auch nur eine Pause zu machen, weiter die Berge und Täler rauf und runter.

24. Pelikan

Am Abend erzählten mir Jonas und Julia vom zweiten Teil ihres Aufenthalts in Swakopmund, als sie für einen Tagesausflug nach Walvis Bay gefahren waren. Ein Taxi brachte sie in die nahegelegene Hafenstadt und setzte sie am Pelican Point ab. Wieder wanderten sie einfach nur die Straße an der Küste entlang. Hier lag jenseits der Kaimauer noch Land, bevor hundert Meter weiter das Meer begann. Daher stiegen sie auf die schlammige Ebene herunter. Dort entdeckten sie bald unzählige Flamingos, die am Ufer herumstanden, aßen und wahrscheinlich allerlei Unsinn trieben. Flamingos haben eine ganz eigenartige Technik, im Schlamm nach essbaren Tierchen zu suchen. Dafür drehen sie sich auf einer Stelle im Kreis, während sie mit ihrem komischen, krummen Schnabel in der Erde herumstochern, um das Futter auf zu wirbeln. Das mag gut funktionieren, sieht dafür aber ziemlich bescheuert aus. Doch nicht nur diese Jagdmethode macht sie zum Wappentier der unbeholfenen Anmutigkeit. Wenn sie fliegen wollen, tippeln sie nämlich erst eine halbe Ewigkeit flügelschlagend über den Boden, oder übers Wasser, bis sie endlich genug Schwung gesammelt haben, um abzuheben. Fliegt jedoch die gesamte Kolonie los, ist das wieder eine ganz andere Erscheinung. Hier wird die Tollpatschigkeit des Einzelnen durch die beeindruckende Masse schwingender Flügel kaschiert und lässt ein majestätisches Farbenspiel von weißbraun bis rosa entstehen, das sich allmählich wie ein bunter, lose zusammengesteckter Drache in die Luft erhebt.

Zurück auf festem Untergrund flog eine Gruppe von sieben weißen, sehr sonderbaren Vögeln mit mattgelben Schnäbeln, über sie hinweg Richtung Stadt. „Waren das etwa…?" fragten sich die beiden unsicher, doch die Tiere waren schon wieder verschwunden. Sie liefen bis über die Stadtgrenze hinaus, wo sich die Landschaft ganz bald zu einer eigenartigen Halbwüste wandelte, die hier zwischen Namib und Atlantik lag. Wenig später entdeckten sie ein Schild, das das nachfolgende Gebiet mit dem Namen Dorob National Park bezeichnete. Am Wärterhäuschen vorbei, folgten sie der Schotterstraße, die wohl vornehmlich für Autos gedacht war. Auf der rechten Seite des Weges – also Richtung Atlantik - war ein feuchtes, sumpfiges Gebiet mit einem kleinen von Schilf gesäumten Teich zu sehen, der durch einen schmalen Bach gespeist wurde. Auf der anderen Seite verlor sich die Feuchtigkeit recht rasch und unterwarf sich der lebensfeindlichen Dürre der Wüste. Julia beugte sich vom Wegesrand über den kleinen Teich, in dem sich ein Schwarm kleiner, wuselnder Fische aufhielt. Ganz entzückt rief sie Jonas dazu: „Guck mal, ganz viele Fischis!", als plötzlich direkt neben ihr ein Schabrakenschakal aus seiner Höhle brach, über den Weg preschte und sich in sichere Entfernung auf die sandige Seite rettete. Julia zuckte zusammen und Jonas nahm sie lachend in den Arm. Sie schauten dem Tier nach, das vor einer großen Pfütze seinen Kopf gedreht hatte und besorgt zurück zu seiner Höhle spähte. „Ach, du Scheiße. Das war knapp." Sie marschierten noch ein wenig weiter und kehrten schließlich auf demselben Weg zurück. Dort, wo sie kurz zuvor noch neben der Kaimauer im Schlamm herumspaziert waren, bemerkten sie, dass das gesamte Gebiet vom Meer verschluckt worden war. „Ach ja, da war was.", grinste Jonas, der gerade die hiesigen Gezeiten kennengelernt hatte. Bis der Taxifahrer sie wieder abholen würde, war noch etwas Zeit, deshalb schlenderten sie in der Nähe des Pelican Points am Meer herum. Gleich neben einer Anlegestelle, wo einige Fischer gerade ihr Boot entluden, stand ein riesiger, weißer Vogel mit handgroßen Füßen und dem mattgelben Riesenschnabel, den sie vorher schon mal gesehen hatten. Er beobachtete die

Bewegungen der Fischer regungslos und wartete konzentriert auf eine günstige Gelegenheit, um sich ein paar Fische ab zu zwacken. Leider waren sie sehr aufmerksam und ruderten bedrohlich mit den Armen, sobald der Vogel auch nur einen Schritt näherkam. „Ist das ein…?" – „Ja.", antwortete Julia fröhlich. „Das ist ein Pelikan."

25. Zu den Weisen der Wüste

Am Tag darauf machten wir alle eine Rundfahrt um Swakopmund, wobei wir letztendlich durch den Naukluft Park bis zum Welwitschia Drive gelangen sollten, wo einige dieser eigenartigen Pflanzen lebten. Auf dem Hinweg sahen wir einen großen Haufen reinweißen Pulvers neben einem Fabrikgebäude liegen. Verwundert blickte ich darauf, bis jemand erklärte, dass es sich hier um eine Salzfabrik handelte, in der das wertvolle Mineral aus den naheliegenden Salzseen gewonnen wurde. Das Wasser war in überschaubare Seen eingesperrt worden, damit es schneller in der Sonne verdunstete und hatte sich aus Protest rot gefärbt. An den Ufern war es schon fast vollständig ausgetrocknet und hinterließ eine blitzend weiße, von roten und blauen Schlieren durchzogene Salzkruste. Anderswo hatte sich das Salz mit Dreck und allerlei färbenden Substanzen vermischt und blitzte in leuchtenden Farben wild durcheinander. Wir brauchten recht lang, um den Welwitschia Drive zu finden, der uns aus der Stadt in einen Landstrich führte, der weniger durch seine Farben als sein bezauberndes Licht- und Schattenspiel beeindruckte. Eine Schotterpiste entlang drangen wir immer weiter in den Naukluft Park ein, der eine wundersam staubige Felslandschaft aus dem Boden wachsen ließ und uns schließlich zu einer Art Canyon führte, in dessen Abgrund sich eine fantastische Mondlandschaft erstreckte. Wir hielten an, setzten uns vor die Schlucht und ließen die Aussicht einige Augenblicke auf uns wirken. Sofort begann eine entspannende Stille wie ein Nebel um uns emporzusteigen. Die schier endlosen Weiten von grauem Staub, Hügeln und Tälern, spitzen Klippen und weiten Ebenen forderten das Chaos, das in unseren Köpfen spukte, heraus, sich in der Totenstille dieser Unendlichkeit zu verlieren. Wir lauschten einige Augenblicke stumm der befreienden Ruhe, bis Andy plötzlich lachend in eine

Richtung zeigte. Das Phallussymbol der Menschen hatte es bis auf den Mond geschafft.

Wir folgten weiter dem Weg, der uns zwischen hohen Felswänden hindurch, bis zu einem Schild führte, auf dem „No Entry without Permit" stand. Wir erinnerten uns, dass kurz zuvor ein Campingplatz ausgeschildert war, den wir in der Hoffnung auf ein solches *Permit* ansteuerten. Es handelte sich wohl um einen Platz für sehr reiche Leute, es gab Gehege mit Ziegen, Pferden und anderen Tieren. Wie eine Oase mit vielen Bäumen und hübschen Pflanzen verziert, erhob sich dieser Ort völlig weltfremd aus seiner Umgebung. Um ein Hauptgebäude herum sahen wir Toilettenräume und ein Café, dem die breiten Bäume Schatten spendeten. Während alle abwechselnd dem Ruf der Natur folgten, versuchte ich mit Jonas und Julia im entsprechenden Büro etwas über das *Permit* herauszufinden. Nach kurzer Wartezeit kam ein älterer Herr mit kurzen, grauen Haaren zum Vorschein, der ein fast britisches Englisch sprach und uns selbst dann noch freundlich empfing, als wir ihm mitteilten, dass wir gar keinen Schlafplatz buchen wollten. Während er uns mehrmals einlud, doch etwas zu trinken, erklärte er uns, wir seien nicht die Ersten, die darüber verwundert seien, dass das *Permit* für den *Welwitschia Drive* nur in Swakopmund erhältlich ist. Wir waren erst etwas enttäuscht, wo wir doch so weit gefahren waren, um diese komischen, verdorrten Pflanzen zu sehen, als uns der hilfsbereite Herr ein paar Zettel hinlegte, die eine Karte und Beschreibung des Parks enthielten. Dann drückte er seinen Stempel auf das erste Blatt und sagte: „When they stop you – they will not stop you – but *when* they stop you, tell them, you came from here." Mit diesem *Nichtpermit* kehrten wir also zu dem Schild zurück und erreichten endlich den *Welwitschia Park*. Dieser war sehr viel größer, als wir erwartet hatten und wir hofften, dass es hier nicht nur die eine große, auf der

Karte eingezeichnete Pflanze gab. Doch schon bald fanden wir tatsächlich einzelne im trockenen Wüstenboden lebende Welwitschias. Diese Einsiedler sind unglaublich seltsam, werden hunderte Jahre alt und bestehen nur aus einem riesigen Blattpaar. Keinen halben Meter hoch breiten sie sich mehr als dreimal so weit über dem Boden aus, während in der Mitte eine Ansammlung fahlroter, blütenartiger Sprossen sitzt. Die Enden der dunkelgrünen Blätter verdorren oft, damit das Innere noch genug Wasser zur Verfügung hat. Sie unterschieden sich alle nach Alter, Größe und verfügbarer Wassermenge. Wir sahen mindestens zehn verschiedene Exemplare, um manche von ihnen war ein Steinkreis gebaut. Einige waren kleiner, doch sahen dafür sehr viel frischer aus, da die Blätter noch bis zu den Spitzen mit Wasser versorgt wurden. Andere breiteten sich sehr weit aus, was sich in graubraunen Blattenden niederschlug.

Die Welwitschias waren zwar keine sonderlich schöne Erscheinung, dass einem das Herz aufgeht, doch ihr ungewöhnlich hohes Alter und ihr verdorrtes, seltsames Aussehen ließen sie wirken, wie die großen Weisen der Wüste.

26. Friedhof

Über einsame Sand- und Schotterstraßen gelangten wir nach *Solitaire,* wo wir unsere Mittagspause verbrachten. Neben einem kleinen Parkplatz gab es hier nicht viel mehr als eine Tankstelle und ein Café, aus dessen weltberühmter Bäckerei wir uns ein paar Cookies und einen *richtigen* Apfelkuchen besorgten. Als Jonas den ersten Bissen zu seinem Mund geführt hatte, gab er nur ein befriedigtes Brummen von sich, schloss die Augen, legte die Gabel auf dem Teller ab und lehnte sich entspannt zurück. Auch Julia schien überzeugt. Beide hatten lange keinen Apfelkuchen mehr gegessen. Danach gingen wir drei auf den Platz vor der Tankstelle, auf dem ein paar Autos und ein Traktor standen. Ich fragte mich noch, warum die so blöd im Sand herumstanden, wo doch direkt daneben ein Parkplatz war, doch dann dämmerte es mir: Mitten im Sand schmorten diese alten, verrosteten und ausgeschlachteten Autos in der Sonne. Ein Autofriedhof mitten in der Wüste! Die armen Teufel waren verdammt bis in alle Ewigkeit, jeden Tag aufs Neue in der Hitze zu verglühen. Während ich mich noch fragte, wie sie *das* verdient hatten, beschloss Julia, die Toten zu schänden. Sie setzte sich erst auf den Traktor, dann in ein kleines Auto und ließ sich von Jonas dabei auch noch fotografieren. Makabere Zeitgenossen, soviel steht fest.

Da es die heißeste Tageszeit der heißesten Jahreszeit war, verkrochen wir uns sehr bald wieder im Hilux, sodass dieser sich von der in seinem Inneren angestauten Hitze befreien konnte und uns nur wenige Augenblicke später mit erfrischender Kälte versorgte. Kurz vor Beginn der Dämmerung sahen wir in einiger Entfernung eine dichte Staubwolke wüst über den Boden fegen. Wir konnten den Anblick nicht einordnen und sorgten uns, es könne sich um eines der gefährlichen Buschfeuer handeln, die im Sommer hier nicht selten wüteten. Diesen Gedanken im Hinterkopf fuhren wir achtsam weiter und als wir durch das Tor des Zeltplatzes hindurch die Rezeption ansteuerten, war schnell klar, innerhalb welchen Naturereignisses wir gestrandet waren.

27. Sandsturm

Im Auto verschanzt berieten wir, wer zur Rezeption eilen sollte, um uns anzumelden. Um uns herum wütete ein gewaltiger Sandsturm, in dessen Zentrum wir uns befinden mussten. In einer Gegend, wo so viel Sand einfach nur lose herumlag und kaum auf Hindernisse traf, kannte dieser wenig Gnade. Den Schal um das Gesicht gewickelt, eilten Jonas und Andy die paar Schritte zu dem Haus, dessen Eingangstüren geschlossen gehalten wurden. Einige Minuten später kehrten sie mit einer Karte und Anweisungen zurück, setzten sich ins Auto und knallten die Türen zu. Durch den Sturm lenkte Julia den Wagen ein paar Ecken weiter zu einem ziemlich breiten, doch tiefhängenden Kameldornbaum. Dieser stand auf einer runden Sandfläche, umringt von einer niedrigen Steinmauer und mit Stromkasten und Braai-Nische versehen, wie hier das BBQ genannt wird. Da wir draußen ohnehin nichts zu sagen hatten, machten wir es uns erst einmal drinnen gemütlich und diskutierten über einem kühlen Getränk die Situation. Es ging um die Fragen, wie wir welches Abendessen zubereiten sollten und wann und ob wir in den Pool springen konnten. Letzteres war leider nicht drin, wie wir schnell einsahen, denn der Sturm wurde zwar allmählich schwächer, doch war noch immer zu stark. Umso mehr konzentrierten wir uns auf die Frage, ob wir unser Fleisch grillen oder kochen sollten. Zweiteres wurde beschlossen und das Fleisch, der Zubereitungsweise der Hereros nachempfunden, halb gekocht, halb gedämpft, mit Gewürzen, Zwiebeln und Knoblauch versehen und mit Couscous vermengt. Sicher eine halbe Stunde lang standen Jonas und Julia neben dem Gaskocher und versuchten ihr Bestes, kein Sandkorn in den Topf gelangen zu lassen, wenn sie neue Zutaten hineinwarfen. Die anderen kümmerten sich um einen saftigen Rote-Bete-Salat. Im Auto zusammengepfercht verschlangen wir dann das Essen, während die

Pläne für den Folgetag besprochen wurden. Diese enthielten für manche einen sehr empfindlichen Nachteil, obwohl dieser doch schon fast zu dieser Reise dazu gehörte: Wir mussten *sehr früh* aufstehen.

28. Ruf der Namib

Der nächste Tag war super aufregend! Wir standen um 5 Uhr auf, frühstückten nicht einmal, packten die Zelte zusammen und fuhren sofort zum Tor, das pünktlich vor Sonnenaufgang geöffnet wurde. Dann folgten wir eine Stunde lang einer ganz geraden Teerstraße, während die Sonne langsam aus dem Sandmeer emporstieg und die Landschaft von Bergen und Dünen, Sand und vereinzelten Pflanzen nach und nach in ihrem sanften Licht erstrahlen ließ. Auf unserer Karte waren verschiedene Dünen eingezeichnet, die zu bestimmten Tageszeiten besonders empfohlen wurden. Wir steuerten aber schnurstracks zum Ende der Straße, wo diese in einen Parkplatz aus Sand mündete, der direkt vor der berüchtigten Tiefsandpiste lag, die uns noch von den beiden größten Dünen trennte. Wir überlegten kurz, ob wir eines der hier angebotenen Shuttles buchen wollten, doch Julia brannte jetzt schon auf die Überfahrt. So beschlossen wir, es den Shuttle-Fahrern gleich zu tun und ließen gehörig Luft aus unseren Reifen, um besser im Sand zu liegen. Julia atmete tief durch, schaltete den Allradantrieb an und wir verließen den sicheren Parkplatz in Richtung Tiefsand. Vielleicht dachte sie gerade an Benny, der ihr nach der Spitzkoppe-Tour noch ein paar Ratschläge gegeben hatte: Tempo beibehalten, nicht langsamer werden, nicht zu stark lenken, nicht stehen bleiben. „Bleibst du stehen, bist Du verloren." Es war noch früh am Morgen und auch wenn wir nicht allein hier waren, hätten wir auf Hilfe sicher warten müssen, was uns wertvolle Zeit gekostet hätte. Und das, was wir planten, war mittags nicht mehr möglich. Julia war höchst angespannt und Jonas versuchte sich zusammenzureißen, sie nicht abzulenken und die Natur zu bewundern, die an uns vorbeizog. Zeitweise war der Weg so breit, wie zehn Nashörner lang sind, doch ein Durchkommen nur auf einer engen Spur möglich. Julia durfte also vollgepumpt mit Adrenalin in Echtzeit überlegen, wohin sie lenken musste. Sie bog um die erste Kurve und der Sand wurde tiefer, wir wurden etwas langsamer und sie schaltete herunter. Sie musste ja auch stets vermeiden, umzukippen, was um ein Vielfaches schlimmer gewesen wäre, als einfach nur stecken zu bleiben. Es ging ein Ruck durch den Wagen, als sie schaltete, doch im Handumdrehen fuhren wir wieder schneller. Die Fahrt dauerte vielleicht zehn Minuten, fühlte sich aber an wie eine Stunde. Als wir ein weiteres Mal einbogen, nahm ein breiter Baum, dessen grüne Blätter einen frischen Kontrast zu dem goldenen Sand boten, einen großen Teil des Weges ein, während der lockere Boden unter uns wieder sehr tief und der Wagen sehr langsam wurde. Wieder musste sie herunterschalten, es folgte der gewohnte, kleine Ruck, Julia gab Vollgas, doch der Wagen kam zum Stehen. Jonas sah aus, als wollte er fluchen, riss sich aber zusammen, was sehr gut war, denn Julia ließ sich überhaupt nicht beeindrucken und gab einfach weiterhin – diesmal mit kurzen Unterbrechungen – Gas. Nur ein paar Momente später glitt der Hilux schon wieder über den Sand. Wir waren ziemlich baff und fieberten die letzten Momente der Strecke im Stillen mit. Ein paar Augenblicke später chauffierte Julia uns von der Piste über einen Schotterweg zu einem Parkplatz, der in alle Himmelsrichtungen von Sand umgeben war, dessen Farbe sich von seinem typischen goldgelb zu dem prächtigen Rotorange der Dünen von Soususvlei wandelte. In dem Moment, als der Motor abgeschaltet wurde, atmete Julia schwer auf, während die Anderen sie lautstark bejubelten. Kaum hatten wir uns wieder beruhigt, machten wir uns vom Erfolg getrieben auf den Weg. Ich nutzte den günstigen Moment der Unachtsamkeit und schlüpfte heimlich in die Seitentasche von Jonas' grauer Leinenhose. Das wollte ich mir nicht entgehen lassen. Hanna und Andy trennten sich von uns, denn sie hatten wohl nach der Geschichte in Swakopmund erst mal genug vom Dünensteigen. Wir durchquerten in nur ein paar Minuten eine Ebene, die die verschiedenen Farbtöne miteinander vereinte, bis schon bald die ineinanderlaufenden Dünen „Big Daddy" und „Big Mama" vor uns auftauchten und sich in einem imposanten Bogen um eine hellgraue Ton-Salzpfanne schlossen. Der Weg sollte uns auf die Düne hinaufführen, erst kurz stark, dann länger schwach steigend, bis wir lange Zeit den fast ebenen Kamm der Düne entlangwanderten. Am äußersten Fuß der Düne blickten wir ehrfürchtig hinauf.

„Und los geht's!", sagte Julia noch frisch und voller Kräfte, als sie den ersten Schritt auf die rote Düne machten. Anfangs hatte ich es sehr gemütlich in meiner Tasche, auch wenn ich ab und zu etwas aufgewehten Sand ins Gesicht bekam. Zuerst stiegen wir auf den Absatz, der wie der Auftakt zur richtigen Düne aussah. Mit jedem Schritt versanken die Füße im Boden oder rutschten wieder ein gutes Stück zurück, die Schuhe füllten sich augenblicklich mit Sand. Auf dem Absatz angekommen, blickten wir auf das, was vor uns lag. Zu beiden Seiten recht steil abfallend, begann hier der lange Kamm erst gerade, dann wie eine Schlange durch die staubige Hitze zu verlaufen, die jetzt erst an ihrem Anfang stand. Irgendwo ging es dann nochmals auf einen fürchterlichen Absatz hoch und über einen schmalen Grat zum Gipfel.

„Wuuf." machte Jonas, worauf Julia in ihrer motivierend fröhlichen Tonlage erwiderte: „Jaaa. Da gehen wir jetzt hoch." Also machten sie sich auf, durch den roten Tiefsand zu stampfen, während die Sonne in ihrem Rücken immer weiter aufwärtsstieg. „Meine Schuhe sind jetzt schon voller Sand.", sagte Julia nach einer Weile. „Hmmmm.", machte Jonas schnaufend hinter ihr. Er hatte seinen Strohhut auf und um Hals und Nacken ein weinrotes Handtuch gebunden. Damit sah er aus wie der Dorfdepp persönlich, aber nach spätestens einer halben Stunde verstand ich, warum er das tat. Die Sonne brannte, obwohl es noch früher Vormittag war. Immer wieder verkroch ich mich in meiner gemütlichen Tasche, hielt es aber nie lange aus, der Ausblick war zu atemberaubend. Die Wüste war nun überall. Unsere Schritte stießen den rötlichen Sand abwärts, wo er sich mit weißem Salz und goldenem Staub vermischte und bis auf die untersten Ebenen fallend, Wellen in das Sandmeer schlug, das sich, bald in kräftig leuchtendem Gelb, bald in blassem braun bis ans Ende der Welt erstreckte. Nur zu unserer Rechten lag eingepfercht zwischen den zwei mächtigen Dünen die vertrocknete Salzpfanne Dead Vlei, die noch die letzten verrottenden Akazien aus jener Zeit beherbergte, zu der der Tsauchab River noch Einfluss in diese Gegend hatte.

Mitten auf dem Rücken der Schlange machten wir die erste Trinkpause. Jonas nahm den Rucksack ab und stellte ihn auf den Boden. Julia hob ihn sofort wieder auf, denn der nassgeschwitzte Rucksack saugte sich natürlich sofort mit Sand voll. Während sie tranken, versuchten sie einzuschätzen, wie weit sie gekommen waren. Hinter ihnen lag ein Weg, der kürzer wirkte als er war, denn seine Anfänge waren nicht mehr zu erkennen. Seit sie den Grat entlangwanderten, war die Sonne von links an sie herangetreten und dabei, sie zu überholen. Jonas zupfte das rote Tuch zurecht, sodass es auch seine Seite schützte. Wir wanderten weiter. Alles dampfte. Der Atem der beiden wurde immer schwerer, ihre Schritte immer schleppender und wir hielten immer öfter an, um kurz durch zu schnaufen. „Oh Gott, das geht nicht!", schnaufte Julia. „Doch, doch, Auf! Wir dürfen nur nicht zu viele Pausen machen. Weiter!" versuchte Jonas sie beide zu motivieren. Noch hatte er ein paar Reserven übrig. Am Nackenansatz der

Schlange machten sie eine weitere Trinkpause mit Strategiebesprechung. „Ok, was?! Es ist noch *soo* weit." stammelte Jonas, als er zum Gipfel hochblickte. „Wir sind jetzt", Julia schaute auf die Uhr, „eine gute Stunde unterwegs und haben etwa 250 Höhenmeter hinter uns. Hat die Dame an der Rezeption nicht etwas von einer halben Stunde gesagt?!" Jonas nickte bloß. „Ich würde sagen, wir gehen jetzt da hoch." Er zeigte dahin, wo der nun grauenvolle Anblick eines vielleicht dreißig Meter hohen, steil ansteigenden Hügels erkennbar war, der schließlich über einen letzten, schwach steigenden Grat zum Gipfel führte. "Und dann Endspurt." sprach Jonas seinen letzten von Energie strotzenden Satz für diesen Tag. Es ging also weiter zum schwersten Teil. Die Sonne strahlte mir von links ins Gesicht. Richtig verkriechen konnte ich mich auch nicht, weil es in der Tasche auch schon sehr warm war. Die weiße Pfanne war bereits ganz schön weit unten und glühte in der erstarkenden Sonne. „Komm. Komm." Julia wollte sich bestimmt beeilen, damit sie ganz schnell oben und dann da unten ankämen. Auf den ersten Metern rutschte Jonas einige Male ab und versank bis zum Knöchel im Sand. Das war hier zwar nicht gefährlich, aber jeder zusätzliche Schritt tat unmenschlich weh. Einmal verharrte Jonas länger in seiner eingeknickten Position und blickte resignierend dem Ende entgegen. Da entdeckte er nur einige Meter von sich einen kleinen Namib-Sandgecko, der für einen kurzen Augenblick innehielt und ihn fragend anblickte. Er war fantastisch getarnt und als sich Jonas gerade fragte, wie irgendein Tier hier überleben konnte, begann der Kleine wieder zu rennen, indem sich seine Hinter- und Vorderbeinpaare abwechselnd vom Sand abstießen. Innerhalb einer Sekunde war er wieder verschwunden und Jonas erhob sich.

So kletterten die Beiden gemeinsam in dieser wunderschönen Hölle aus Sand und Hitze, bis sie vor der letzten extrem steilen Stelle vor der Zielgeraden ankamen. Julia blickte nach links, der Sonne entgegen und bemerkte wie dort einige Wanderer über einen zweiten Fuß der Düne einen Weg betraten, der zwar nicht kurz, doch nicht ansatzweise so lang, wie unserer war und schließlich in dieselbe Zielgerade überging. „Meinst du..." begann sie. „Japp... Ich glaube, das ist der Weg, den man nimmt, wenn man auf die Düne will..." meinte Jonas etwas deprimiert. Ich blickte nach oben, nach unten und dann wieder nach oben. Sie taten mir leid. „Also dann, bringen wir es zu Ende, bevor wir hier noch einschlafen. Wir sind momentan bei 1 Stunde 30 Minuten." Die folgenden Momente waren grauenvoll, denn Jonas war nur noch am Ende. Seine Reserven schienen aufgebraucht und auch wenn er ständig versuchte, sich wieder aufzuraffen, war diese Kletterstrecke gerade einfach zu viel.

„Pause!" hechelte er. „Neee, komm! Wir sind hier schon fast oben, schau. Wir ham's jetzt echt gleich geschafft." Julia wirkte fast frisch, während Jonas nur brummte und knurrte und jammerte. Er blickte nach unten und verfluchte die Wanderer, sah hoch und bemerkte, dass Julia wieder ein bisschen weiter war. Er seufzte, raffte sich auf und kämpfte jedes noch verbliebene Fünkchen Energie aus sich heraus, während die Sonne so unerträglich auf uns niederging, dass ich nur noch ganz versteckt aus der Tasche lugen wollte. Julia hatte sicher irgendwann ein Nickerchen gemacht, oder einen Powerriegel geschluckt. Wie vom Wahnsinn erfasst kletterte sie nun und wäre wahrscheinlich das letzte Stück gerannt, wäre sie allein gewesen. Jonas hingegen war am letzten Ende seiner Kraft. Er wollte nicht aufgeben, doch das erste Mal schien er daran zu zweifeln, es da hoch schaffen zu können. Doch Julia puschte ihn unentwegt und beide konnten kaum erwarten, dieses dreckige Bergsteilstück überwunden zu haben.

Schließlich standen sie beide oben, die Hände auf die Knie gestützt und blickten geradewegs dem Ziel entgegen. „Das sind jetzt nur noch so fünfzig Meter, vielleicht sechzig." schätzte Julia. „Das sind locker hundert!" provozierte Jonas, doch erhob sich geschleppt. Das Ziel vor Augen stapften sie also noch die letzten Schritte, Jonas schnaufte immer noch die ganze Zeit. Er rutschte jedes Mal tiefer in den Sand und fluchte ab und zu auf. Da hörte er hinter sich ein erholt klingendes „Excuse me." und ein Mann mittleren Alters mit Sportklamotten und einer Nummer auf seinem orangenen Hemd überholte erst ihn und dann auch Julia, die wieder einige Schritte voraus war. Jonas schüttelte sich vor Abscheu. *Was ein Typ,* dachte er verärgert, während dieser im Laufschritt weiterlief. *'Excuse me'. So ein Wichtigtuer.* Es nervte ihn *unglaublich,* dass der Typ da so unbedingt durchmusste und dabei so stresste und sich so toll vorkam und dass er selbst nicht schneller war und dann plötzlich... Plötzlich wurden seine Schritte wieder länger und kräftiger, sank er ein, stieß er sich noch heftiger wieder ab. Julia war schon fast da, doch er holte auf. Er war eigentlich K.O., doch das Ziel so nah vor sich, wusste er, dass sie es beide fast geschafft hatten und nichts und niemand sie mehr davon abhalten konnte. Im Tunnelblick sah er nun nichts mehr als den Weg auf dem Rücken der Düne vor sich, an dessen Ende das leuchtende Orange des Banners funkelte, das den Gipfel markierte. Jeder einzelne Schritt war ein Kampf für sich, aus dem er siegreich hervorging. Vor dem Banner standen zwei Männer, die sie beim Näherkommen anfeuerten. Nur noch ein paar Schritte. Die zwei Männer gratulierten Julia schon, wiesen sie aber pflichtbewusst darauf hin, dass der Gipfel erst ein paar Schritte weiter erreicht war. Jonas war nun auch an den Männern vorbei, lief das allerletzte Stück, fiel Julia in die Arme

und beide sanken sie erschöpft zu Boden. „Ey, du…?"
machte Julia. - „Sind echt'n Team." gab Jonas müde zurück.

So schön es dort oben auch war, so sehr machte die immer höher steigende Sonne es unmöglich, lange zu bleiben.
Der Ausblick war nun in jede Richtung offen. Vom Bogen
der Dünen eingespannt lag die Tonpfanne nun nicht mehr
nur vor, sondern direkt unter uns, während sich auf der gegenüberliegenden Seite, gleich dem offenen Meer an einem
stürmischen Nachmittag die Wogen der Namib auftürmten.
Wir konnten unseren Weg bis kurz vor den Parkplatz zurück-
verfolgen. Hanna und Andy waren nicht mehr zu sehen. Der
rote Bogen, von dem wir nur einen Teil erkundet hatten, lag
nun stolz, wie die brennende Tatze eines Raubtiers, vor uns.
Als wir gemeinsam den Zauber dieser Welt aufgesogen hatten
und die Hitze nicht mehr ertragen konnten, beschlossen wir
dem Ruf in die Unterwelt zu folgen. Als Jonas Julia bei der
Hand nahm und auffordernd ansah, verkroch ich mich, denn
ich ahnte, dass es nun sandig werden musste. „Sollen wir?"
Sie rannten los, immer dem Boden entgegen, wobei jeder
Schritt das Bein fast bis zum Knie einsinken ließ. Ich erschrak, als ich ein lautes Vibrieren hörte, dass sich zu einem
bedrohlichen Dröhnen entwickelte und mit jedem Schritt
stärker wurde. Vorsichtig versuchte ich von der Tasche aus
zu erspähen, was da draußen vor sich ging. Es klang, als
würde ein riesiger Jeep direkt über unsere Köpfe fliegen. Ich
streckte meinen Kopf aus dem Versteck, doch zu meiner
Überraschung war hier nichts zu sehen, außer herumfliegen-
der Sand und meine beiden Begleiter, die grinsend wie Klippschliefer Meter für Meter mit ihren Füßen den Boden durch-
stoßend nach unten liefen. Ich verkroch mich wieder und
hoffte, dass meine Sorge unbegründet war. Dann war Jonas
am Fuße angekommen und setzte sich, um seine Schuhe zu

entleeren. Der Lärm erstarb sofort. Als er aufstand und zu Julia aufschloss, traute ich mich auch wieder heraus.

Wir standen inmitten einer fremden Welt. Hinter uns die dampfenden Sandmassen, lag vor uns eine Ebene, deren Boden aussah wie die Schuppen eines Pangolins. Allerdings lagen diese flach nebeneinander und keine glich der nächsten. Die Oberfläche glänzte weiß und grau. Es wirkte so, als hätte es hier seit Ewigkeiten kein Wasser mehr gegeben und der Anblick einiger knorriger, abgestorbener Bäume, die sich hier zur Ruhe gesetzt hatten, bestärkte diese Annahme. So wanderten wir umringt vom roten Sand durch Dead Vlei, einer Anderswelt, die nur aus Hitze und Licht zu bestehen schien, bis wir bei ihren letzten, unvergänglichen Bewohnern ankamen. Die ausgetrockneten, verrotteten Bäume, die verdammt schienen, hier für die Ewigkeit zu verdursten, brachen das grelle Licht und schufen mit ihren Ästen ihr letztes ewiges Werk. Dem Licht unterworfen begannen die Schatten jeden Tag aufs Neue ihren Tanz über den toten Boden.

29. Ein Flummi auf See

Nach einer anstrengenden Fahrt kehrten wir in ein kleines Hostel in der Hafenstadt Lüderitz ein. Es wurden Nudeln gekocht, mit einer Gruppe Austauschstudenten der Universität *Stellenbosch* in Südafrika Wein getrunken und über Gott und die Welt diskutiert. Sehr lange drehte es sich um die Zukunft der Gesellschaft und irgendein Grundeinkommen.

Am nächsten Morgen wachte ich auf, weil Julia vor Jonas herum hüpfte und wiederholt „Ich bin ein Flummi!" rief. Es war ihr Geburtstag und sie waren früh aufgestanden, um auf eine Bootstour zu gehen. Lüderitz ist wie Swakopmund eine Stadt am Meer und nach einem deutschen Händler benannt. Mir war ehrlich gesagt etwas mulmig zu Mute. Es gab überhaupt keinen Grund, irgendwelchen Schiffen zu trauen und das Meer hier ist *wirklich* kalt. Aber ich stieg natürlich trotzdem mit ins Auto. Am Hafen stand ein Mann in goldener Leuchtweste. Wir baten den Car Guard, auf den Hilux aufzupassen. Beim Steg wartete ein aschblonder, weißer Mann Mitte Fünfzig vor seinem Motorboot auf uns und grüßte auf Englisch. Es stellte sich schnell heraus, dass wir die einzigen Gäste waren und deutsch die gemeinsame Sprache. Das Boot wippte leicht, als wir es betraten und mir wurde gleich etwas unwohl. Am Bug stand eine Bank, auf die wir uns setzten. Der Kapitän warf den Motor an und hielt uns dicke Jacken hin, die alle ablehnten. Eine Decke sollte uns erst mal genügen. Der Vormittag war windig und das Meer aufgewühlt. Immer wieder zeigte der Kapitän in eine Richtung und erklärte uns, das da sei diese Schwalbe und dies hier jener Kormoran. Er musste einer starken Strömung entgegensteuern, die in Richtung Ufer wirkte und fuhr leicht geneigt zu den Wellen, möglichst weit hinaus, bevor er einlenkte und vorsichtig auf die Landspitze zu steuerte, die links vor uns aus dem Festland trat. Darauf standen ein altes Nebelhorn und der Leuchtturm. Als wir sie passierten, zeigte er auf das Metallkonstrukt und sagte: „War ma' sehr wichtig. Nech mehr in Benutzung. Gibt ja heut' GPS und Radar. Sin' nu' gut von'er Küste wech, fahren jetzt bisschen raus. Zur Halifax Insel. Gut die Augen offenhalten, wie viel wa' sehen, hängt auch von euch ab! Jemand was trinken?" Auch das verneinten noch alle höflich. Doch das Meer spritzte hier draußen noch viel mehr und der Wind schnitt uns ins Fleisch. Nach einer Weile stand Jonas also auf, stöckelte ins Führerhaus und kam mit einer großen, schwarzen Windjacke zurück. „Alter, is' die warm." murmelte er anerkennend. Der Wind drehte weiter auf und schleuderte immer mehr Wellen aufs Boot. „So da vorne's' die Halifax. Fahr'n da no' näher ran. Darf keiner mehr rauf, aber wir sehen die Pinguine auch vom Wasser. Die Population der Tiere ist drastisch gesunken, hat einige Gründe. Erstma brauchen die fettigen Fisch. Sin' hier meistens Sardellen. Die sin' aber wech, leergefischt, von de' großen Schiffe. Fressfeinde sind Robben und Möwen, haben natürlich körperliche Vorteile. Deshalb raufen sich die Pinguine zu großen Kolonien zusammen, ham' gemerkt, dass es zusammen besser geht. Graben sich ein, bauen Höhlen im metertiefen *Guano,* das sich über die Jahre immer höher auftürmt. "- „Tschuldigung, aus was?" fragte einer dazwischen. „*Pinguinscheiße.* Bisse früher mit 'ner Schiffsladung nach Europa zurück, warst'n gemachter Mann. Zu viele gemachte Männer, zu wenig Guano. Zu wenig Guano, zu wenig Schutz vor Möwen. So werden aus tausenden ein paar hundert." Er ging wieder nach hinten und drosselte den Motor. Inzwischen waren wir recht nah an der Insel und schauten in respektvollem Abstand hinüber. Julia drohte wieder zum Flummi zu werden, denn sie war außer sich vor Freude. Genauso ging es uns allen, als wir sahen, wie diese kleinen schwarzweißen Vögel, die nicht fliegen können, ins

Wasser tauchten und los paddelten. An Land warteten einige Grüppchen auf die Nahrungslieferung. Ein paar kühlten sich am Ufer ab, andere hielten Wache. Es handelte sich um Brillenpinguine, die einzige freilebende Pinguinart Afrikas. Sie sind etwa halb so groß, wie eine Riesentrappe. Ihr Bauch und ihr Hals sind weiß, ein schwarzes Band läuft über ihre Brust abwärts zu den schwarzen Flossen und darüber zum Rücken. Was wir vom Boot aus nicht sahen, war der rosa Fleck am Auge, der ihnen wohl ihren Namen gegeben hat. Während wir so auf den Wellen hin und her schaukelten, die sich am Ufer der Halifax brachen, erkannten wir dort ein altes Holzhaus. „Was macht das Haus denn da? Dachte, hier darf keiner hin?" fragte Jonas. - „Darf auch keiner! Is' alt, irgendwann wohl mal ein Forschungsprojekt gewesen, wird nimmer benutzt, abreißen braucht man's aber auch nech. Jemand ein warmes Getränk?" Wieder wurde höflichst verneint, doch eigentlich froren alle bis auf Jonas schon ziemlich, weshalb wir uns dann doch umentschieden. Nach einer Weile wurde jedem eine dampfende, heiße Schokolade gebracht. Für einige Zeit war genüssliches Schlürfen zu hören. Als Julia nun anmeldete, sie wolle doch eine Jacke, schlossen sich die anderen dann auch an. Es war auch wirklich kalt hier draußen. Dann wurde der Motor wieder angeschmissen und wir tuckerten eine Runde um die Insel herum, bis wir in langsamen Tempo weiterfuhren. Der Wind ließ uns weiter das kalte Wasser ins Gesicht schnalzen und ich freute mich insgeheim wieder auf festen Boden unter den Füßen. Und wenn es nur Asphalt war. Maximal effizient in Jacken und Decken eingewickelt beobachteten wir still kauernd das aufgewühlte Meer, als der Begleiter des Kapitäns schräg nach vorne zeigte und etwas rief, was vorerst keiner verstand.

„Augen auf!" mahnte Jonas. „Da war wohl ein Delfin. Vielleicht sehen wir ja noch einen." Reaktiviert suchten alle gemeinsam systematisch die Meeresoberfläche ab. Immer wieder entdeckte der erfahrene Seefahrer etwas, das wir nicht zu sehen im Stande waren, bis wir dann vor einer weiteren Insel Halt machten, auf der sich ein paar Gruppen Robben tummelten. „Hier find' ich die Robben irgendwie schöner." sagte Julia und jeder verstand sofort, was sie meinte. Es war tatsächlich ein sehr viel schönerer Anblick, als die übereinander verfaulenden Robben von *Cape Cross*. Nicht nur waren es hier deutlich weniger, sie hatten auch mehr Platz. Einige schwammen munter um die Insel, während ein paar Handvoll auf dem felsigen Untergrund lagen und sich die Sonne auf den Bauch scheinen ließen. Wir schauten ihnen eine Weile beim Baden zu, wie sie elegant ein- und wieder auftauchten, sich gegenseitig blödsinnige Geräusche zuwarfen und sich dann sich fröhlich lächelnd in die Sonne fläzten. Es wirkte eher, wie ein gelungener Familienausflug, als der ewige Kampf um Leben und Tod.

Als wir gerade umdrehten, sprang vor uns ein junger Delfin in die Luft und hob grüßend die Flosse. Die Rückfahrt war etwas unangenehm. Wir hatten zwar unsere Jacken, also froren wir fast nicht, doch der Wind peitschte erbarmungslos auf uns und das Wasser nieder. Immer wieder krachte das Boot unglücklich in eine Welle, die in unseren Gesichtern zersplitterte. Der Kapitän kam nun nicht mehr aus dem Steuerraum heraus, denn er musste jetzt darauf achten, das Boot sicher zurück an Land zu bringen. Doch der Kahn wurde mit spürbarer Erfahrung gesteuert und brachte uns sicher und nicht allzu nass, wieder zum Steg zurück, wo wir uns herzlich dafür bedankten, endlich wieder festen Boden unter den Sohlen zu spüren.

30. Netter Versuch

Der Wind fegte über das rastlose Sandmeer, scheuchte Sandkorn um Sandkorn jedes einzeln in eine bestimmte Richtung, als stecke ein präzise ausgearbeiteter Plan dahinter. Das machte die Hitze in dieser lebensfeindlichen Gegend erträglicher, obwohl natürlich jeder von uns wusste, dass der Wind im Auftrag der Sonne stets Fallen zu stellen bereit war. Einer meiner Begleiter beklagte sich gerade, dass der Abfluss seiner Badewanne schon das zweite Mal in diesem Monat verstopft sei. Ich begleitete ihn zum Haus der Ingenieure, wo sich meistens die Handwerker aufhielten. Still sann ich an seiner Seite, ob dieser Ort für eine Siedlung jemals geeignet sein würde. Die *Diamanten*, der einzige Grund, dass hier jemand auch nur *ein einziges* Haus hätte bauen wollen, waren nach zwei Jahrzehnten fast abgetragen. Auch wenn die Kolonialverwaltung dieses Thema mit Vorsicht behandelte und der Frage nach der Zukunft von Kolmannskuppe stets auswich, waren die Siedler sichtlich verunsichert, was aus ihnen werden würde. Reichtum und Luxus, die diese Siedlung so schnell hatten aufblühen lassen, schienen vom Wind genauso davongetragen worden zu sein, wie der Sand, der uns in allen Körperöffnungen klebte. Er veränderte und formte hier alles nach seinem Willen. Säcke voll Geld und eifrige Arbeit können viel erreichen, doch nie werden sie auf Dauer die Macht der Natur überwältigen können. Vor allem wenn die nächste Lieferung aus Kapstadt wieder verloren gehen sollte.

So stapften wir also einen kurzen Abhang hinab, der seit dieser Woche existierte, Mund und Nase hinter einem Schal verhüllt, die Augen weit möglichst zusammengekniffen. Wir stießen die Tür auf, die uns gerade noch vor dem Chaos abgeschirmt hatte, das sich innerhalb des Gebäudes abspielte. Sie öffnete sich nur zur Hälfte. „Geht nicht weiter auf.

Reinkommen!" hallte uns eine genervte Stimme entgegen. Wir zwängten uns durch den Spalt und salutierten dem Offizier, der dem Ingenieurshaus vorstand. Ich ließ meinen Blick durch den Raum wandern. Ein Fenster war eingeschlagen und der Boden, wie auch alle Möbelstücke waren ein paar Fingerbreit mit Sand bedeckt. Hinter der Tür hatte er sich so angehäuft, dass sie sich nicht mehr richtig öffnen ließ. Der Offizier stand mit rotem Kopf neben einem hölzernen Schreibtisch, vor dem ein Sekretär seinem Befehl folgend einen Brief abschrieb, der unfassbar wichtig schien. „Was gibt's Männer?" der Ranghöhere fand wieder in seine Haltung zurück. Ich grüßte nochmal und mein Begleiter fragte nach den Handwerkern. „Welche Handwerker, für was? Neee, sind weg... Gestern abgezogen. Lüderitz." Was er nun tun solle, hakte er nach, es sei immerhin wichtig, sich zu waschen. Im Gesicht des Offiziers arbeitete es kurz. Er wusste, wie wichtig es jetzt war, vor den Untergebenen Haltung zu wahren und Improvisationsgeschick zu beweisen, wenn er verhindern wollte, dass ein Mann nach dem Anderen diesem Ort den Rücken kehrte. „Männer, is' grad' eng. Wird wieder. Neue Handwerker. Ähmm...", er überlegte kurz. „Eisfabrik. Nach Hermann fragen. Kennt sich aus mit Abfluss... Mit der Abflusssituation." Wir bedankten uns und traten vor die Tür zurück in das Sandgestöber. Der Wind war stärker geworden, scharfe Böen schossen über dieses gottverlassene Stück Land. „Scheißdreck!" rief ich unter meinem Gewand hervor. Eigentlich hätten wir mit verschlossenen Augen zur Eisfabrik laufen müssen, um nicht zu erblinden. Da sich der Untergrund aber stets veränderte, war es selbst nach zehn Jahren noch fast unmöglich, sich derartig zu orientieren. Zumindest wussten wir, dass es nicht weit war. Wir liefen zurück in die Richtung, aus der wir gekommen waren und bogen vor der kleinen Schule nach links ab, wo gleich neben der Schlachterei das Kühlhaus und die Eisfabrik standen. Als wir gerade die Tür öffnen wollten, wurde uns diese von einer Hand voll abgehetzter Arbeiter entgegen gestoßen, die an uns vorbei hinter das Haus stürmten. Im Innern des Gebäudes war die Hölle los. Die große, lärmende Maschine, die das Blockeis produzierte, das wir zum Kühlen benötigten, rauchte ungewöhnlich stark. Vor ihr lag auf dem Boden ein bewusstloser Arbeiter mit zerrissener Kleidung.

„AUS DEM WEG!", ertönte eine Stimme hinter uns und wir wurden so derb zur Seite gestoßen, dass wir das Gleichgewicht verloren. Vom Boden aus beobachteten wir, wie drei Sanitäter mit einer Trage in die Fabrik hetzten. Heraus trat Oberoffizier Hermann. Eilig rappelten wir uns auf und salutierten, während wir uns noch den gröbsten Schmutz von der Uniform klopften. „Rührt euch, Männer!" sprach er mit fester Stimme und grinste spöttisch. Hermann war ein Hüne von einem Kerl, blühte auf in seiner Rolle. Er konnte gut mit seinen Bediensteten, solange sie nicht unfähig waren oder undeutsch. Er genoss seine Aufgabe hier. Gleichzeitig hasste er diesen Ort aus tiefstem Herzen. Noch bevor wir beginnen konnten unser Anliegen vorzutragen, bellte er los: „Gut, dass ihr da seid, Männer! Haben hier ein Problem." Er legte den Kopf leicht schief und schielte in Richtung Eingang. „Wie ihr euch denken könnt. Uns verdampft hier alles. Brauchen sofort Ersatzteile. Und Lagebericht über die ausstehende Wasserlieferung. Wenn die nicht bald kommt, können wir nicht mehr kühlen. Fragen? Abmarsch! Laufen! Beeilung! Sonst knallt's hier gleich nochmal!" Er brüllte uns noch einige Augenblicke hinterher, während wir die Hügel wieder aufwärts stolperten. Wie wild hetzten wir durch den Sand, mit jedem Schritt sank der Fuß tief in den Boden und immer wieder stießen wir uns das Bein an irgendwelchen herumliegenden Gegenständen. Der Wind bauschte sich immer weiter auf und heulte über die Dächer, er peitschte uns von der Seite und stach auf unsere Augen ein. Das Haus des Kolonialverwalters lag am Rande der Siedlung und als wir dort ankamen, war der Sandsturm schon in vollem Gange. Zu dem großen Gebäude führten ein paar Stufen über einen schwarz-weiß gekachelten Weg zum Eingangstor. Weder vor der Treppe noch vor dem Tor standen die üblichen Wachen und wir sahen mit großer Verwunderung, dass dieses sogar halb offenstand. Besorgt traten wir ein und schlossen es hinter uns. Keine Bediensteten waren zu sehen. Im Haus war es still. Nur das gedämpfte Fauchen und Jaulen des Windes war zu hören. Wir säuberten uns grob von dem ganzen Schmutz und verließen vorsichtig das Foyer. Als wir die Wendeltreppe betraten, deren Stufen nur nachlässig von Sand befreit worden waren und das Büro des Verwalters ansteuerten, hörten wir ein hysterisch kreischendes Gelächter aus dem Erdgeschoss schallen. Wir folgten den Geräuschen, liefen an der Küche vorbei zum Badezimmer, vor dessen Tür ein Schreiber stand; vollkommen außer sich, einen geöffneten Brief in der Hand. Er blickte durch uns durch in die Leere, in seinen Augen blitzte das Grauen. Er schien uns nicht einmal zu bemerken. Vorsichtig öffneten wir die Tür und traten ein. Sofort schmiss der Wind uns durch die zerbrochene Fensterscheibe Sand ins Gesicht. Das Bad war einfach eingerichtet, nur die Verzierung der Wände ließ den höheren Status dieses Hauses erahnen. Der Boden war jedenfalls nicht ordentlich gekehrt. In der Badewanne saß der nackte Kolonialverwalter und rieb sich freudestrahlend mit dem Sand ein, der das Wasser in seiner Wanne ersetzte. Fröhlich wie ein Kind sang er und lachte, warf den Sand nach oben, ließ ihn auf sich niederprasseln und testete, wie lange er seinen Atem anhalten konnte. Nachdem er wieder prustend an die Oberfläche kam, fing er leise an, vor sich hin zu singen,

wie ein Kind, das versuchte, einen Opernsänger nachzuah-
men.

„Wasser, es gibt kein Wasser.

Doch das brauchen wir niecht.

Wasser, hier gibt's kein Wasser.

Brauchen wir ja auch niecht.

Sand, Sand, Sand, Sand, Sahand,

Wir nehmen Sand, Sand, Sand.

Sand, Sand, Sand, Sand, Sahand,

Wir nehmen einfach Sand.

Sand zum Kochen, Sand zum Waschen,

Und Sand auf unser Brot,

Wir nehmen jedes Sandkorn,

Deutsch-Südwestafrika Gottlob!"

„Ey!"

Keine Reaktion.

„EY!" Jonas zuckte zusammen und hörte abrupt auf zu
singen. „Steig mal raus da, wir wollen weiter. Sturm ist vorbei." Traurig, wie ein Kind, dem man sein Spielzeug wegge-
nommen hatte, blickte er auf. „Ok." erwiderte er niederge-
schlagen, ließ den Kopf hängen und stieg betont langsam aus
der Wanne.

31. Fishriver Canyon

Namibia ist ein ziemlich großes Land. Viele unvergessliche Eindrücke begleiten den Reisenden, mal erfrischt ein saftig grüner Baum die graue Ödnis der Savanne, dann erstrahlt die ganze Welt in völlig neuen Farben, weil die Sonne abwärts wandert und alles unter sich in ein tief orangenes Licht taucht. Von der Savanne über verbrannte Berge, die seit Jahrtausenden bemalt werden, durch Kolonien hemmungslos stinkender Robben bis zu *deutschen* Hafenstädten an der kalten Atlantikküste, deren zwiespältige Vergangenheit einen erschaudern lässt. Während unserer Reise, die uns erst in den Norden und von da in den Westen geführt hatte, wo wir wie Ameisen durch die Berge und Täler der Urzeit wanderten und wie tapfere Elefanten auf der Suche nach Wasser die roten Dünen von Soussusvlei passierten, um ins darunter entstehende, atemberaubende Dead Vlei zu gleiten, offenbarte sich uns die Welt in so vielen Facetten, wie es kaum vorstellbar ist. In Namibia gibt es hohe Berge und weite Ebenen, Meer und Wüste, gelb aufblühende Giraffenbäume und verdorrte Auswüchse totgrauer, trockener Oberflächen. Grazile und plumpe Antilopen, freche Erdmännchen und stolze Nashörner. Der Boden ist sandig, oder felsig, grau oder braun, golden oder rot, er ist bedeckt von Dornen und Staub, ihn durchziehen Risse und Furchen und manchmal ist darin auch einfach ein sehr großes Loch. Dabei rede ich nicht von den Schlaglöchern in den Straßen, sondern vom vielleicht zweitgrößten Loch der Welt.

Wir verließen Lüderitz am nächsten Morgen Richtung Süden. Einer Route folgend, die fast nur über Teerstraßen führte, kamen wir bequem und ohne größere Umstände an unser nächstes Ziel. Der Campingplatz wurde von staatlicher Seite verwaltet, war sauber und gepflegt angelegt. Als Jonas aus der Dusche zurückkehrte, rief ein Rentner gerade einem Jungen die erbosten Worte „There are toilets, you know!" zu.

Da hörte Jonas aus irgendeiner Richtung die eingängige Melodie eines Liedes, das ihn jedes Mal, wenn er es hörte, verzauberte. Das Geklimper einer rhythmusgebenden Ukulele begleitete die noch etwas schleifende Stimme des Sängers, die dann unterstützt durch ein Akkordeon, wie aus einem langen und erschöpfenden Schlaf immer weiter zu erwachen schien. Langsam sich aufrichtend, voll erfasst von der Atmosphäre, die die Musik aufbaute, mischten sich Trompeten und ein Horn dazu, die sich immer weiter zu einer stimmungsvollen, doch melancholischen Ekstase emporhievten. Becken wurden zusammengeschlagen und die Stimme, die wie in Trance immer weiter sich selbst durchdringend die nächsten Zeilen wiederholte, war nun nicht mehr allein. Dem Höhepunkt entgegen taumelnd, singend und summend, mit geschlossenen Augen in einem unwirklichen Rausch treibend, dem eine Welt der Dinge fremd war, zerbrach das schließlich einsetzende Trompetenspiel die empfindliche Oberfläche. Als habe die Welt seit Urzeiten darauf gewartet, drückte es sich forsch aus der Masse empor, um mit klaren Tönen dem wilden Durcheinander eine Richtung zu geben. Wie zum König erhoben wiederholte es sich ein paar Male, bis sich wortloses, doch klangvolles Summen dazu gesellte und das Schauspiel begleitete. Als es dann immer leiser wurde und schon zu verschwinden schien, kam es noch einmal mit voller Kraft zurück. Die Trompete posaunte noch einmal alles heraus, was sie aufzubieten wusste und ließ das geleierte Geklimper des Anfangs zurückkehren, bis die letzten gesungenen Zeilen die Phasen dieses Rausches ein letztes Mal zusammenführten.

Als wir die Augen öffneten, standen wir schwitzend inmitten des Campingplatzes und schauten uns verdutzt um.

Wir hörten eine Stimme, die von unserem Auto kommen musste und sahen, wie Hanna uns zuwinkte, während Andy gelangweilt auf einem kaputten Stuhl saß und einen umher hüpfenden Vogel beobachtete. Jonas' Magen wusste dieses Schauspiel zu begreifen. „Is' Zeit für Mittag." erklärte er, während er zwischen seinen Fingern hindurch blickend so tat, als prüfe er den Stand der Sonne. Als wir beim Auto ankamen, räumten wir aber zu meinem Erstaunen nicht etwa die Kochutensilien *heraus,* sondern setzten uns *ins* Auto *hinein* und fuhren los zum großen Loch, das wir schon nach nur ein paar Minuten Herumgeschüttel erreichten. Die Umgebung war ausgetrocknet und in den klassischen Farben Namibias bemalt. Grau die Kiesel, gelb der Sand, braun die Erde und die Stämme, hier und da ein erfrischendes grün, das sich am äußersten Ende der Trockenzeit, gierig auf Regen wartend, vorsichtig zurückhielt. Die Schotterstraße teilte sich. Es führte ein Weg nach rechts am Loch entlang, während vor uns eine Art Terrassengebäude stand, wo wir erst einmal anhielten. Die Wand war geschmückt mit einigen Informationstafeln, die über bestimmte hier lebende Pflanzen und Tiere, die Lebensart der Menschen und den Canyon selbst Auskunft gaben. Im Untergeschoss lag ein Toilettenraum, vor dem in fünf verschiedenen Sprachen etwas erklärt stand. „Die Tür zu den Toilettenräumen wurde durch ein Vorhängeschloss mit einem Zahlencode abgesperrt, da sonst die Gefahr besteht, dass Paviane eindringen und so die Sicherheit unserer Gäste gefährden könnten. Der Zahlencode ist 1234." las Hanna die deutsche Version vor. Das Schloss an der Tür fehlte. „Joooou, ehm." machte Jonas. „Ich geh' mal lieber ums Eck."

Wir setzten uns auf die Terrasse, um das Mittagessen vorzubereiten, während Jonas sich zum Rand des Fish River Canyons begab. Der Anblick dieser kleinen Figur vor dem Abgrund hob dessen mächtige Erscheinung wunderbar hervor. Er, der dastand, wirkte wie ein Springbok, der am Rande der Namib zögernd Halt machte. In unregelmäßigen Abstufungen fiel das Relief, das aus einem hellbraunen Gestein geschlagen war, bis zur niedrigsten Ebene ab, durch die sich ein ausgemergelter Fluss schlängelte, der schon bald hinter wieder aufsteigenden Plateaus verschwand, um hier und dort wieder in der Ferne zu erscheinen. Man konnte sich gut vorstellen, wie der Fluss, hatte er erst durch den Regen zu neuer Kraft gefunden, sich über lange Zeit gegen die Felswände durchsetzt und sich seinen eigenen Weg bahnt. Am äußersten Rande der Trockenzeit floss durch das Flussbett allerdings nur ein tiefgrünes, fast erbärmliches Rinnsal. Das Wasser des längsten Flusses Namibias, des Fish Rivers, oder Fischflusses, wird nämlich im Hardap Dam gestaut, bis der Regen zurückkommt. Dieser riesige Krater, dessen Ausmaß wir nicht einmal vollständig erfassen konnten, war der atemberaubende Anblick während unseres Mittagessens. Auf Bänken aus Beton und Stahl saßen wir unter aufgereihten Bambusstangen, die uns Schatten spendeten. Heiß war es trotzdem. Direkt vor uns, nur abgeschirmt durch ein Geländer von Stahlseilen, begann die Schlucht bereits abzufallen, während Vögel mit dunklen Federn und roten Augen auf Momente der Unachtsamkeit warteten, um etwas unserer Reispampe zu stibitzen.

32. Lauf des Strauß

Am nächsten Morgen erfuhr ich, dass wir als nächstes jenen Hardap Dam anfahren wollten, der dem Fishriver sein Wasser gestohlen hatte. Dort sollten viele Nashörner leben, wir begegneten aber nur viel Wasser und einem *sehr* dummen Strauß. Wir kamen leider zu spät an, um am selben Tag noch eine Runde zu drehen, deshalb verschoben wir das auf den nächsten Tag.

Wir waren die einzigen Gäste in diesem niedlichen, kleinen Park. Eine Schotterstraße führte uns durch hügeliges und reich bewachsenes Gebiet an einigen Springboks und Helmperlhühnern vorbei. Es gab keine Nashörner, das war schlecht. Als wir schon auf dem Rückweg waren, sahen wir einen hochgewachsenen Strauß, der gerade die Straße überqueren wollte. Julia hielt an, um ihn nicht zu verängstigen und ihm genug Zeit zu lassen, die Straße wieder frei zu machen. Doch der Strauß wollte nicht, er hatte beschlossen, seinen Weg auf der Straße fortzusetzen. Nachdem eine gewisse Strecke zwischen uns lag, fuhren wir langsam an, als der dumme Vogel plötzlich zu rennen begann. Völlig aus dem Häuschen, wie von einer roten Wespe gestochen, als sei ein Leopard hinter ihm her, sprintete er sich die Seele aus dem Leib. In leibhaftige Panik versetzt, die das Denken beeinträchtigt, blieb ihm wohl die Eingebung verwehrt, einfach ein paar Schritte zur Seite zu laufen, um die Straße zu verlassen.

33. Stressig und Unangenehm

Die Runde war gedreht, drei Wochen vergangen und wir wieder in Windhoek. Für Hanna und Andy war die Reise vorbei, sie flogen wieder nach Hause. Doch die beiden Geschwister Julias, namentlich Laura und Simon gesellten sich nun zu uns. Laura hatte schulterlange, hellbraune Haare und war recht zierlich. Sie war von Anfang an voll dabei und freute sich merkbar auf die Reise. Simon war etwas kräftiger und oft am seriösesten gekleidet. Er war recht ruhig und zog, wie Jonas, hin und wieder eine etwas zu ernste Miene.

Am nächsten Tag lernte ich, was Julia mit *stressig* und Jonas mit *unangenehm* meint. Am Morgen gingen wir Vorräte einkaufen und machten uns abermals auf den Weg in Richtung Waterberg. Die abenteuerliche Vorfreude war begleitet von einem unterschwelligen Unbehagen, welches daher rührte, dass wir ein wenig zu spät losgefahren waren. Ich machte es mir dennoch auf meinem Lieblingsplatz unter dem völlig nutzlosen Rückspiegel gemütlich und sonnte mich ein wenig. Simon und Laura war große Neugier anzumerken, als wir auf der geteerten Landstraße durch die Pampa fuhren. Jonas und Julia machten belustigt auf jedes der noch immer ausgetrockneten Flussbetten aufmerksam, das wir überquerten. Tatsächlich hatten wir noch keinen Fluss gesehen, der wirklich Wasser führte. Doch die Zeit dafür bahnte sich an, die *kleine Regenzeit* musste nun jederzeit beginnen.

Der unangenehme Teil begann aber erst richtig, nachdem wir einen kleinen Ort verließen, der Okahandja hieß. Hier ist es ja üblich, dass sich an jeder Straße, die aus oder in einen Ort führt, ein Road Block befindet. Damit ist kein Felsen oder anderes Hindernis auf der Straße gemeint. Es handelt sich einfach um eine Hand voll Polizisten, die dort herumstehen; man fährt langsamer, wird als Tourist aber meistens durchgewunken. Hin und wieder wird man angehalten und gefragt, wo man herkommt und hinwill. Manchmal bekommt man Hinweise darüber, was es in der näheren Umgebung zu beachten gibt. Manchmal fragen sie, warum Julia fährt. Denen würde ich dann gerne von den vielen Orten erzählen, durch die sie uns als einzigartige Fahrerin unbeschadet hindurch chauffiert hat. Als wir also Okahandja verließen, war auch dort ein Road Block, der ebenfalls nicht so wirkte, als suchte man gerade einen Verbrecher. Wir verlangsamten unser Tempo und behielten den kleinen, klobigen Mann in Uniform im Auge, der mit seiner Hand undeutlich wedelte. Wir zögerten etwas, denn es sah aus, als winkte er uns durch, wie es die meisten taten. Wahrscheinlich hätten wir einfach weiterfahren sollen, doch aufgrund der allgemeinen Verwirrung kamen wir letztendlich auf der anderen Seite der Kreuzung zum Stehen. Das Unbehagen im Auto wuchs, je länger wir darauf warteten, dass der eher unansehnliche, dicke Mann in Uniform zu uns aufschloss. Das Fenster wurde heruntergekurbelt und wir versuchten freundlich zu grüßen, während Julia erst mal deftig von der Seite angemault wurde.

„Why don't you stop, when I tell you. I must punish you.", wiederholte er in verschiedenen kreativen Ausführungen, während wir alle unser Bestes gaben, um Entschuldigung zu bitten. Wir versuchten, zu erklären, dass wir sein Zeichen missverstanden hätten, da wir meistens durchgewunken wurden, doch das schien ihn gar nicht zu interessieren. „You drive through me, that's 500 Doller, then you didn't stop, it's also 500 Doller. I must punish you. I must take you back there to the station now." fantasierte er und zeigte in die Richtung, aus der wir kamen. „I must look in the back." fügte er hinzu und als er merkte, dass er nicht fähig war, mit seinem Plan zu Julia durchzudringen, wandte er sich mit seinen blöden Sprüchen an Jonas. „You're a man, you can talk." begann er, während Jonas schon ausstieg und mit dem Schlüssel nach hinten ging. Ganz kurz sah ich ein Blitzen in seinen Augen aufleuchten, so als habe er in diesem Moment irgendetwas durchblickt. Obwohl er sicher sauer darüber war, was dieser Witz von einem Polizisten tat und plante, spielte er die unterwürfig-kooperative Touristenrolle recht gut, entschuldigte sich tausendmal, öffnete den großen Kofferraum, zeigte ihm den Kühlschrank, während der rundliche, gierige Mann seine Masche weiterfuhr. „You're a man, we can talk, heh? Maybe we can find another solution, what do you say?" Es wirkte, als wolle er feilschen, doch Jonas wusste noch nicht ganz, wo er in dieser Verhandlung stand. Langsam tastete er sich heran, bestätigte, dass man mit ihm reden könne und ihm eine einfachere Lösung wünschenswert sei. Er hatte keinerlei Erfahrung hiermit, ahnte aber, dass er nicht zu direkt sein sollte, obwohl mittlerweile allen klar war, was hier lief. Der Uniformer wusste natürlich, wie viel Stress es bedeuten würde, wenn wir mit auf die Station müssten. Ob ihm aber so genau klar war, dass wir zum Waterberg mussten und *tatsächlich* ziemlich knapp dran waren? Jonas war es jedenfalls bewusst und als der Herr mit dem Waffengurt ihn immer weiter hingeführt hatte, fragte Jonas ganz frei heraus, ob er einen Vorschlag machen wolle. „How can we solve that in an easier way?" - „You must give me something, then we must not go back." Er zeigte wieder in die Richtung der angeblichen Polizeistation. „So how much would you say?" Er tat kurz so, als müsse er überlegen und erwiderte schließlich: „Just give me 400 Doller." Jonas fiel ein Stein vom Herzen, denn nun wusste er, dass er richtig verstanden hatte und sie auf der sicheren Seite waren. Wie ein Vollidiot packte er sofort seinen Geldbeutel aus. „No." maulte der Polizist. „Not here." Jonas verzog das Gesicht, als dächte er, *'Klar, wie dumm von mir.'*

„Open the back now. I want to see the freezer." sprachs und Jonas tat, wie ihm geheißen. Beide waren nun über das Hinterverdeck in den Wagen gelehnt und sahen fast so aus, wie Jonas und Andy, wenn sie im Kofferraum verschollene Bierdosen aufspürten und in den Kühlschrank umlagerten. Doch der nun schon etwas freundlichere Mann wollte kein Bier, sondern Geld von *unserem* in *seinen* Geldbeutel umlagern. „Put it on the freezer.", sagte er und bekam sein Geld, ohne dass sein Kollege davon etwas sah, obwohl eigentlich klar sein musste, was hier geschah. Der dicke Mann und Jonas wechselten noch einige restliche Worte der Ermahnungen, es solle und der Beteuerungen, es werde nicht wieder vorkommen, das Verdeck wurde verschlossen, die Sitze besetzt und *endlich* konnten wir weiterfahren.

Alle waren halbwegs erleichtert, doch noch war der Tag nicht vorbei. Wir hatten schließlich vor, noch im Licht der Sonne unseren Campingplatz zu erreichen. Eine Weile später bogen wir also in die Straße, die drei von uns schon vor drei Wochen befahren hatten. Um zu erahnen, dass es schon recht spät war, brauchten wir keine Uhr. Während sich die Sonne untertags hier kaum zu bewegen scheint, beeilt sie sich dafür ziemlich, sobald sie einmal damit begonnen hat. Das Licht, das die in Sand eingebettete Natur in ein warmes Gold tauchte, offenbarte, dass es sehr bald dunkel sein würde. So begegneten wir auch bald einigen Tieren, die sich zu anderen Tageszeiten im Schatten versteckten und jetzt zum Naschen herauskamen. Das waren hauptsächlich Helmperlhühner und die sowohl niedlichen als auch *unfassbar* hässlichen Warzenschweinfamilien. Wir wussten, je dunkler es ist, desto schlechter sehen wir, desto höher ist die Chance, eines dieser Viecher versehentlich mitzunehmen. Im Falle eines Unfalls kämen wir nämlich nicht nur zu spät zum Tor des Campingplatzes, es wäre uns außerdem nicht einmal erlaubt, das Unfallopfer in ein Abendessen zu verwandeln. Bald war die Sonne schon fast weg und wir folgten immer noch der Sandstraße, die einfach nicht enden wollte. Jemand kam auf die Idee, beim Camp anzurufen, um zu fragen, wie lange das Tor offenstehen werde. Zeit schien aber nicht das Problem, nur das Licht. So ging die Fahrt noch ein wenig weiter, bis wir – kurz bevor jedes noch übrige Tageslicht erloschen war – letztendlich ohne lebensbedrohliche Unfälle, dafür mit knurrendem Magen und geschwächten Nerven unseren Nachtplatz erreichten.

Es wurde ein schnelles Essen gekocht, irgendeine Reispampe, während Simon in seine Ganzkörperrüstung stieg, um im Kampf gegen die zur Dämmerung wiederkehrenden Moskitos gewappnet zu sein. Gleich hinter dem Auto war ein Licht angebracht, das allerlei fliegende Ungeheuer zu uns lockte, neben Moskitos auch verschiedenste Falter und *sehr dumme* Käfer, die ständig irgendwo dagegen flogen. Simon musste spätestens beim Bier aufgeben und einsehen, dass sein Helm zumindest in Sachen *ungestört essen* nicht alle nötigen Punkte erfüllte. Danach legte ich mich ins Auto, während die anderen komische Sachen machten und abwechselnd mit Taschenlampen herumfuchtelten und sich dabei fotografierten. Ich hatte es mir richtig schön gemütlich gemacht und wie ich so meinen Verrückten zu sah, wurden meine Augen immer schwerer, bis ich plötzlich von einem grellen Lichtblitz wach gerissen wurde. Julia hatte die Erscheinung auch bemerkt und traute ihren Augen kaum. Als wäre jemand auf die ungewöhnliche Idee gekommen, die Atmosphäre zu schleifen, rauschte ein breites, weißgelb strahlendes *Etwas* über den Nachthimmel, der eigentlich schon stockdunkel war und stellte die hellsten Sterne in den Schatten. Wie in Zeitlupe drehten alle ihre Köpfe und folgten der Bahn dieses seltsamen Himmelskörpers, bis es nach einigen langen Augenblicken letztendlich wieder verschwand. Was folgte, war ein Moment des ehr-fürchtigen Schweigens.

„Was zur Hölle war das?!", brach Jonas die Stille. Ratlo-sigkeit blickte ihn an. „Weiß nicht, aber... Für eine Stern-schnuppe war das zu groß."

34. Etosha II

Am nächsten Morgen beschlossen wir, beim Waterberg nicht mehr wandern zu gehen und stattdessen schnellstmöglich zum Etosha National Park zu fahren. Der Weg führte uns zurück auf die Hauptstraße und kurz bevor wir die Sandpiste verließen, warnte uns ein Schild vor etwas, das wir am gestrigen Abend schon selbst herausgefunden hatten. Ein rotes Dreieck umrandete die weiße Innenfläche, in dem ein großes, schwarzes Schwein mit großen Hauern und krummen Beinen stand und uns ohne Augen anblickte.

Kurz bevor wir das Tor erreichten wurden wieder alle nervös und wir fragten uns, ob wir unser Grillfleisch überhaupt mitnehmen durften. Wir durften, wie sich herausstellte und so tuckerten wir ein zweites Mal in Richtung des Okaukuejo Camp, begleitet von einigen neugierigen Zebras und Springboks, die in kleinen Grüppchen im Schatten der Bäume faulenzten. Auf dem Hauptplatz des Camps schwirrten verschiedenste Vögel von Baum zu Baum, pickten auf der Straße nach kleinen Krümeln und sangen aus voller Kehle. Simon versuchte ganz begeistert, einige von ihnen zu fotografieren. Die Siedelweber waren da und auch die fiesen, schwarz-bläulich schimmernden Vögel mit den roten Augen, die beim Fishriver Canyon unser Mittagessen klauen wollten. Außerdem flog da ein Pärchen mit schwarzem Rücken und Schweif, ihr Nacken und ihre Brust glänzten goldgelb und vorne hatten sie einen kleinen orangenen Schnabel. Während wir unser bestes versuchten, den Stellplatz zu finden, gaffte uns ein aufrechtstehendes Erdhörnchen höhnisch an und streckte uns seinen prallgefüllten Beutel entgegen.

35. Warten auf Regen

Wir fuhren eine ähnliche Route ab, die uns von Wasserloch zu Wasserloch über den Rhino Drive und wieder hoch zur Hauptstraße führen sollte. Vor einer kleinen Pfütze stand ein Elefant ganz allein herum und trank gemütlich, während er etwas ungelenk mit seinem linken Vorderbein versuchte, ohne hinzufallen, sein rechtes zu kratzen und uns gleichzeitig im Auge behielt. Während wir so da standen und ihm beim Trinken zuguckten, watschelte eine Riesentrappe gemütlich neben dem Riesentier vorbei, drehte gelangweilt eine Runde um die Pfütze, grinste fies in die Kamera, um dann genau in die Richtung zu verschwinden, aus der sie gekommen war.

Hatte ich übrigens schon erwähnt, wie toll Zebras sind? Ich erinnere mich noch, wie Julia sich Sorgen gemacht hat. Zur Zeit unserer Reise hätte es nämlich gut und gerne auch schon geregnet haben können. Im Dezember gibt es hier ja eine kleine Regenzeit, die den Wasservorrat aller Tiere und Pflanzen auffüllt. Wenn es überall Wasser gibt, braucht auch niemand die Wasserlöcher anzusteuern, an denen die Menschen mit ihren Autos vorbeifahren. Deswegen hatte sie einmal sogar in einem ganz besorgten, traurigen Tonfall gesagt: „Hoffentlich sehen wir zumindest ein paar Zebras. Wenn nicht, wäre das voll schade." Aber schließlich ist das hier immer noch Namibia und wenn die Wolken nicht wollen, dann regnet es halt einfach mal nicht. Eines jedoch zur Klarstellung: Besonders im Etosha wimmelte es an jeder Ecke von Zebras. Einige Male war sogar ein Jungtier unter ihnen, mit ganz struppigem Fell, das noch nicht ganz so stolz aussah, wie es das vielleicht gern hätte. Immer wieder unterbrachen wir die Fahrt, weil eine Gruppe Zebras spontan beschlossen hatte, dass sie nun hier über die Straße musste. Andere Male liefen sie neugierig neben uns her, kaum hielten wir aber an, um Fotos zu machen, drehten sie uns den Rücken zu und kauten auf ihrem Gras herum. Jedes der ungezählten Zebras hatte eine einzigartige Musterung, der weiße Körper überzogen von schwarzen Querstreifen, die zur Wirbelsäule verliefen, dazwischen schwächere Streifen, mal kräftig dunkelbraun, mal fahlgrau. Der dümmliche, leicht besorgte Gesichtsausdruck war stets umrahmt von dicken schwarzen Wimpern.

Man sah dem Boden zwar an, dass es seit unserem letzten Besuch schon etwas geregnet hatte, sonderlich kräftig schien es aber nicht gewütet zu haben. Wir waren schon sehr gespannt auf den Norden Namibias und Botsuana, denn dort regnete es mehr und es war insgesamt feuchter. Die Straßen sollen außerdem nicht die besten sein, was uns die meisten Sorgen bereitete. Allerdings freuten sich Jonas und Julia, mal wieder einen Fluss zu sehen. Sie hatten mir erzählt, dass sie den letzten wirklich *fließenden* Fluss bei ihrem Aufbruch vor dreieinhalb Monaten angetroffen hatten. Sie waren aus einem Ort gekommen, wo es einen großen Fluss gibt, der *Rhein* heißt. Hier gibt es zwar auch etliche Flüsse, aber in der Trockenzeit sind die meisten ausgetrocknet.

Jedenfalls ließ der Regen vorerst noch auf sich warten und wir begegneten noch vielen Tieren. Zeitweise fuhren wir lange durch flache Ebenen, in denen es kaum Pflanzen gab. Selten sahen wir dann weit und breit nur dampfende Savanne, denn überall tauchten kleine und größere Tiere auf, die ihren Weg zum Wasser suchten, oder sich unter einem Baum versteckten. Gelegentlich trappelte eine Riesentrappe querfeldein und hier und da streifte ein grauer Riese einsam und allein übers Land. Das Leben eines Elefanten muss sehr schön, aber auch sehr hart sein. Wenn sie mit ihrer Familie zusammen sind, tollen sie herum, lernen voneinander, halten zusammen und scheinen unbezwingbar. Ist einer alt geworden, oder kann sich nicht mehr durchsetzen, muss er allein auf der Suche nach Wasser, Nahrung und Sinn durch Sand und Stein trotten und über die Welt nachdenken.

Kurz bevor wir zu einem der Wasserlöcher abbiegen wollten, stolzierte ein junges Kudumännchen über die Straße, drehte uns seinen Kopf zu und blickte uns prüfend an. Da wir stehen geblieben waren, folgte ihm nur ein paar Augenblicke später sein Anhang, bestehend aus drei Weibchen. Ein ausgewachsenes Kudumännchen trägt sein Geweih wie eine Krone und ist eines der stolzesten Geschöpfe, das ich kenne. Den Weibchen fehlt dieser Kopfschmuck, was leider ihr langes Gesicht hervorhebt, das ihnen einen etwas minderbemittelten Ausdruck verleiht. Wenig später begegnete uns eine Antilopenart, die wir noch nicht kannten. Sie sind etwas größer als die Springboks und haben eine ähnliche Musterung. Ihr Oberkörper trägt dasselbe Braun und der Bauch ist weiß. Während Springboks aber an der Seite einen dunkelbraunen Streifen tragen, der sich von den angrenzenden Farben absetzt, ist der Farbablauf der *Impalas* fließend. Das Braun des Oberkörpers geht ab den Oberschenkeln in einen helleren Ton über, der bis hinunter zu den Hufen verläuft. Hier tragen auch nur die Männchen Hörner. Das tun sie, um anzugeben und um die Frauen zu kämpfen. Am besten zu erkennen sind sie durch ihr Hinterteil. So wie auf ihrer Nase ein schwarzer Tropfen zu sehen ist, ihre Augen in einer schwarzen Höhle liegen, so kann man, sieht man sie von der Hinterseite, ein abgerundetes, schwarzes „M" erkennen, das vom oberen Teil der Hinterbeine über den kurzen Schwanz verläuft. Wie viele andere Antilopen waren es sehr hektische Tiere, die in großen Gruppen mit vielen Jungtieren umherzogen.

36. Regel Nummer Eins

Wir holperten den Rest des Weges weiter, bis sich ein ziemlich breites Wasserloch vor uns ausbreitete. Das Ufer war steinig und graubraun, nur hier und da von Gras befleckt, während einen Steinwurf weiter viele grüne Bäumchen so wuchsen, dass sie den Horizont verkürzten. Auf der uns gegenüberliegenden Seite des Gewässers war eine Familie von mindestens fünfzehn Elefanten verschiedenster Größe zum Trinken gekommen. Riesige Kühe waren dabei und einige Jungtiere, die sich abwechselnd wie eine Festungsmauer um die ganz Kleinen stellten. Elefanten sind ja ganz nette Geschöpfe, aber mit ihren Kindern verstehen sie überhaupt keinen Spaß. Diese Gruppe hatte ein wirklich sehr kleines Kind mit dabei, das gerade mal so stehen konnte und mit der Schulter kaum ein ausgewachsenes Impalamännchen überragte. Daher war die Gruppe sehr achtsam, während wir genau aufpassten, keinen Lärm zu verursachen und ihre Reaktionen genau nachzuvollziehen. Am linken Ufer standen fünf Giraffen, die wohl die *Savannenregel Nummer 1* noch nicht kannten und tatsächlich dachten, sie dürften zeitgleich mit den Elefanten trinken. Sah man diesen zu lang geratenen Tieren beim Trinken zu, konnte man sich zwar denken, dass sie keine große Gefahr darstellten, aber wie gesagt. Während einer der größeren Elefanten langsam rechtsherum auf unsere Seite des Wassers wechselte, um uns genauer im Auge zu behalten, ging ein weiterer in Richtung der Giraffen, die sich erst einmal unbeeindruckt gaben, da sie ja noch in der Überzahl waren. Als der Elefant näherkam, fingen sie schließlich an, ihn ins Auge zu fassen. Dieser warf nun seinen Kopf in den Nacken, hob den Rüssel und zeigte seine Stoßzähne, bevor er einen weiteren Schritt näherkam. Die drei nächsten Giraffen wichen ein Stück zurück, doch nur, um ein paar Schritte weiter wieder ans Ufer zu treten. Sie waren immerhin auch durstig und wussten, dass dieser eine Elefant nicht viel gegen sie ausrichten konnte. Es folgte ein Spiel von Drohgebärden und gelangweiltem Zurückweichen, das erst einmal niemand für sich entscheiden konnte. Als die Giraffen aber alsbald merkten, dass in der Richtung, in die sie immer weiter unbeeindruckt zurückgewichen waren, unweit der zweite Elefant stand, der sich ihnen nun auch näherte, mussten sie sich sehr schnell eingestehen, dass sie vielleicht doch später wiederkommen sollten. Währenddessen waren hinter der Familie einige Impalas vor die Baumreihe getreten und kauten, darauf wartend, dass die Elefanten das Wasser freimachten, gelangweilt auf ihren Blättern herum.

Zwei der Jungbullen hatten ihre Köpfe gegeneinandergedrückt und die Rüssel umeinandergeschlungen. Ein herrliches Bild. Zwei Elefanten, die voreinander standen und ihre grauen Gesichter zusammenpressten, ohne dabei sonderlich bösartig auszusehen. Sie wirkten eher wie ein Pärchen, das sich innig küsste, als zwei konkurrierende Männchen, die um Vorherrschaft rangen. So kämpften sie ein wenig herum, bis sie schließlich wieder voneinander abließen. Mit der Zeit standen zu allen Seiten gewandt einzelne Wächterelefanten, die das ganze Gebiet als das ihrer Familie markierten. Da löste sich das kleine Elefantenjunge von der Gruppe und stolperte ungeschickt am Ufer entlang, während die mächtige Leibgarde es auf Schritt und Tritt begleitete. Die Stimmung hatte sich wieder entspannt, hier und da fanden Übungskämpfe statt, oder es wurde das Besteigen geübt, was für ein so schweres Tier sicherlich ziemlich anstrengend sein muss.

Wir ließen sie schließlich in Ruhe und fuhren weiter. Mitten auf der Straße lag ein großzügiger Elefantenhaufen. Laura lenkte vorsichtig daran vorbei, um womöglich darin versteckte Tiere nicht zu verletzen. Da bemerkten wir eine kleine

Schildkröte, die neben dem Unrat über die Straße trottete. Wir bestaunten das Muster ihres stark gebogenen Panzers. Er war dunkelgrau und die Oberfläche teilte sich in zwölf Segmente, die jedes einzeln wie kleine Hügel hervortraten. Alle waren in Sandfarben mit Kreisen und anderen Mustern bemalt, die sich von dem dunklen Farbton abhoben. Die seitlichen Augen an ihrem länglichen Kopf beobachteten uns stetig, bis ihre kleinen mit schwarzen Krallen besetzten Beinchen, die ihren Körper immerhin eine Handbreit über dem Boden hielten, sie über die Straße getragen hatten.

Langsam ließen wir den stärker bewachsenen Teil hinter uns und der gelbliche Sand, der seine Farbe wie gewohnt mit der Wanderung der Sonne veränderte, breitete sich wieder um uns aus. Einige Schakale, die sich andauernd umguckten, als wäre die Polizei hinter ihnen her, begleiteten uns zu einem etwas höherliegenden Wasserloch, hinter dem sich die ganze Palette der hiesigen Landschaft offenbarte. Der graue Sand hellte auf, hier und da lagen Steine herum, mal größer, mal kleiner. Dahinter begannen wuschelige, fahlgrüne Auswüchse den Boden zu überwuchern, bis irgendwo die kleinen Bäumchen, die überall in diesem Land zu finden sind, den Horizont markierten. Zwei Schakale liefen am Wasser vorbei und in die Weiten davon. Wir sahen ihnen noch lange hinterher, wie sie immer wieder stehen blieben, sich umblickten, weiterliefen und schließlich mit der Landschaft verschmolzen nicht mehr zu sehen waren. Für einen Moment wirkte es wie ausgestorben und da die Tiere fort waren, fiel uns auf, wie heiß es im Auto geworden war. Laura ließ den Motor wieder an und wollte gerade wenden, als wir kurz vor dem Ufer, versteckt hinter einem breit getretenen Elefantenhaufen, eine kräftige Löwin liegen sahen. Als sie uns bemerkte, hob sie nur kurz den Kopf und gähnte in unsere Richtung. Oder fletschte sie die Zähne? Jedenfalls ließ sie ihr Gebiss eine Weile lang offen und demonstrierte ihre spitzen Fangzähne. Sie war allein, doch fühlte sich sicher genug, um weiter faul in der Sonne liegen zu bleiben. Im Auto war es totenstill. Alle blickten gebannt in die bernsteinfarbenen Augen, die halb geöffnet, doch wachsam das ganze Feld überblickten. Einige Springboks erschienen in der Ferne, hielten sich aber dem Wasser fern, als sie die Löwin entdeckten. Als dann wieder zwei der herumschleichenden Schakale auftauchten, die sich immer auf der Suche nach leichter Beute befanden, drückte sie ihren kräftigen Nacken durch, zog die Vorderbeine an und stemmte demonstrativ langsam ihren Oberkörper empor. Die breiten Schultern traten hervor und kaum stand sie auf allen Beinen, war uns klar, was für ein Prachtexemplar wir vor uns hatten. Den Kopf leicht zur Seite geneigt blickte sie uns, das Maul ein wenig geöffnet, mit aufmerksamen Augen an. Die Springboks waren zurückgewichen, aber nicht verschwunden. Sie schienen genau zu wissen, wann es ihnen an den Kragen ging und wann nicht. Wir jedenfalls bestaunten diese Kreatur, wie sie sich gemächlich zum Wasser hinunterbeugte und trank. Als sie fertig war, drehte sie sich um und ging ein paar Schritte auf uns zu. Wir entschieden uns recht hastig, den Motor anzulassen und aufzubrechen. Es dämmerte ohnehin bereits. In der Ferne waren am Himmel Wolkenberge zu sehen, die von einzelnen Strahlen der Sonne teilweise durchbrochen wurden. Der Himmel über uns war noch blau, zog aber immer mehr zu, je näher wir der tiefstehenden Sonne kamen. Bald verdunkelten sich die Wolken und wurden schließlich nur noch von wenigen Sonnenstrahlen aufgespalten, die das dämmernde Land wie Nebelscheinwerfer mit dem letzten trüben Licht des Tages bewarfen. In diesem Schein stand in weiter Ferne eine einsame Giraffe und nagte schläfrig an einem Dornenbusch.

Wie die Sonne sich senkte, kamen wir dem Tor von Okaukuejo näher, als wir auf der Straße vor uns etwas liegen sahen. Wir fuhren vorsichtig heran und bemerkten, dass es sich um ein Wesen mit zu langen Vorderbeinen und struppigem, schwarz getüpfelten Fell handelte. Dass wir näherkamen, interessierte es nicht sonderlich, bis es dann doch den Kopf hob und uns seinen langen Hals zeigte. Julia war am ausflippen, denn sie hatte erkannt, um was es sich handelte. „Hyäne!" quiekte sie. Diese bewegte sich weiterhin kein Stück, auch wenn wir mit unserem monströsen Auto nun schon ganz nah bei ihr standen. „Ob sie verletzt ist?" Wie, um zu widersprechen, hob sie aufmerksam geworden den Kopf und blickte uns lange aus ihren großen, schwarzen Augen an. Wir konnten uns kaum losreißen von diesem eigenartigen Geschöpf, hinter dessen oberflächlicher Hässlichkeit sich eine geheimnisvolle Schönheit verbarg. Als wir später am Abend zusammensaßen, erzählte uns Julia die Geschichte der Hyänen.

37. Ruf der Hyäne

Hyänen haben heute einen schlechten Ruf. Ihr scheußliches Aussehen, ihr zu langer Hals, die krumme Haltung, das fleckige Fell und ihr gebeugter Gang lassen sie hinterhältig und verlogen erscheinen. Doch sahen diese Tiere nicht schon immer so aus. Einst waren Hyänen nämlich wunderschöne, stolze Tiere mit golden glänzendem Fell und einem kräftigen Körper.

Eines Tages aber rief das weise, alte Breitmaulnashorn zu einer Versammlung auf, der alle Tiere beiwohnen sollten. Als Treffpunkt setzte er die alte Kameldornakazie am Rande der lebensfeindlichen Etosha-Pfanne an, um die Dringlichkeit der Zusammenkunft zu unterstreichen. Alle waren gekommen. Elefanten und Nashörner, Springboks und Oryxe, Kudus und Zebras. Außerdem die verschiedenen Schildkröten, die Raubadler, Tokos und Graulärmvögel. Den Leoparden begleiteten die Löwen und der Sekretär kam mit den Reihern. Selbst die untereinander zerstrittenen Riesentrappen waren da und ganz zum Schluss, kurz bevor man ohne sie angefangen hätte, trotteten hochmütig kichernd die Hyänen auf den Platz, während das letzte Licht der Abendsonne ihr Fell wie eine plötzlich auflodernde Stichflamme erstrahlen ließ.

"Warum sind wir hier?", krächzte eine genervt. "Setzt Euch.", sprach das alte Nashorn. "Lasst uns also beginnen. Wie ihr wisst, fallen immer mehr von uns den menschlichen Jägern zum Opfer..." - "Weil wir so schön sind!", kreischte eine der Riesentrappen. "Hmmm.", leicht gereizt setzte das Nashorn seine Rede fort. "Aus vielerlei Gründen. Sie schaden so dem gesunden Gleichgewicht, das zwischen uns herrscht. Wir müssen etwas unternehmen, die Menschen verwirren, ja überzeugen, uns zu jagen sei von keinem Nutzen." - "Wir müssen sie angreifen!", plärrte eine weitere Hyäne. „Feuer mit Feuer!" schrie eine andere. Die Springboks erschauderten, der stolze Kudu funkelte böse auf sie herab. "Ihre Dörfer stürmen, ihre Kinder fressen. So werden sie endlich einsehen, dass WIR..."

"RUHE!", herrschte der Älteste der Oryx die Tiere plötzlich an. Augenblicklich war es still. Selbst die Hyänen beugten leicht den Kopf, nicht mal mehr ein Rascheln war zu hören. Niemand der Anwesenden hatte den Alten jemals so wütend brüllen gehört. Das stolze Tier blickte ganz langsam in die Runde und vergaß dabei keinen einzigen Blickkontakt. Zuletzt ließ er seine ruhigen Augen auf der Hyäne ruhen, die gerade noch so gestänkert hatte und fing bedächtig an zu sprechen. "Es gibt ... nur eine Möglichkeit. Die Menschen sind uns ... in jedem Kampf überlegen. Und das nicht erst seit gestern ... Jeder von uns muss sein Äußeres verändern ... Das wird die Menschen verwirren. Sie werden uns für ihr Vieh, ... ihr Vieh für uns ... Beute für Jäger, ... Jäger für Beute halten... Wir werden die Welt, wie die Menschen sie kennen ... auf einen Schlag vollständig umgestalten ... Das verschafft uns einen entscheidenden Vorteil ... Zu diesem Anlass..."

"Unser Äußeres verändern? Ist der maskierte Schädel verrückt geworden? Niemals werden wir für ein paar dahergelaufene Mistviecher wie Euch unsere Pracht aufgeben! Was denkt Ihr, wer Ihr seid?!", krächzte die edelste der Hyänen heraus. Alle Augen waren nun auf die schönen Jäger gerichtet. Niemand sprach. Nur das Surren einer einsamen Grille war kurz zu hören. Schließlich ergriff der Toko mit dem gelben Schnabel das Wort: "Wir stecken da alle gemeinsam drin." - "Richtig!", hakte der große Kudu ein. "Die Idee ist gut, sie wird funktionieren. Wenn wir unser Fell färben, unsere Hörner wachsen lassen oder stutzen, müsst Ihr es auch über euch ergehen lassen. Stellt Euch nur vor, einer der Bauern hält Euch für einen Hund und versucht Euch zu füttern..." Der Versuch des Kudus, den Hyänen die Idee schmackhaft zu machen, konnte nur an ihrer Eitelkeit scheitern. "Niemals!" Wiederholte die Hyäne garstig und schüttelte sich vor Abscheu. „Niemals werden wir uns zu einem widerlichen, erbärmlichen Hund herabstufen lassen! Leute! Wir gehen." Noch während sie kehrt machten, um im Busch zu verschwinden, kündigte das alte Nashorn bedeutungsvoll an: "Heute Nacht noch wird es ein Fest geben. Wir werden zusammen speisen und gemeinsam beginnen, eine neue Welt zu erschaffen. Kommt zeitig."

Die Hyänen kamen spät, die Sonne war schon vollständig verschwunden und der Nachthimmel erstrahlte bereits in vollem Glanz. Der Mond war nicht aufgegangen, doch das Feuer war meilenweit zu sehen. Nur der Geruch von saftigem Fleisch hatte die Hyänen doch noch dazu bewegt, zu kommen. Als sie ankamen, hatten schon einige der Tiere begonnen. Elefanten und Nashörner standen im Wasserloch und beschmissen sich laut grölend mit Schlamm. Ein Oryx spitzte seine Hörner zu langen Spießen, während einige Paviane geduldig seltsame Muster auf das kurzgeschorene Fell der Giraffen malten. Die Schwärme der Webervögel brachten Unmengen verschiedener Blüten und Pflanzen herbei, die von eifrigen Graulärmvögeln in verschiedene Gruben sortiert und von einigen Büffeln zerstampft wurden. Erhaben ritt ein Erdhörnchen auf einer Schildkröte vorbei, während die neugierigen Schlangen von einer Grube in die nächste krochen. Je nach Größe und Form ihrer Schuppen blieben verschiedene Farben an ihnen haften und es ergaben sich viele einzigartige Muster. Etwas abseits der Farbgruben schmorte über einem großen Feuer das wunderbar duftende Fleisch.

Inmitten des regen Treibens kam auf einmal Unruhe auf. Eine der Büffeldamen war gestolpert und wären nicht sofort einige der Paviane herbeigeeilt, um ihr aufzuhelfen, wäre sie wohl in der rostbraunen Suppe ertrunken. Die Hyänen nutzten natürlich diesen Moment der Unachtsamkeit und schlichen sich leise zur Feuerstelle. Doch kaum waren sie aus dem Dunkel getreten, entdeckte sie einer der Blutschnabelweber. Sofort krähte es aus tausenden kleinen Kehlen über den ganzen Platz: "Hyäne! Hyäne! Du bist nun dran! Du bist nun dran!" Doch die Hyänen sträubten sich, schnappten sich jede ein großes Stück Fleisch und ergriffen die Flucht. "Ssso nicht!", zischte die Puffotter und sprang aus ihrem sandigen Versteck in Richtung der flüchtenden Tiere. Diese waren total überrumpelt und machten einen erschrockenen Satz nach vorn, wobei sie unter starken Schmerzen ihre Nacken ausrenkten. Zwei gestreifte Gnus stellten sich ihnen in den Weg, grimmig fauchend schlugen sie einen Haken, liefen aber genau in die kleinen Dik-Diks, die sich wie geplant an der richtigen Stelle verschanzt hatten. Die Hyänen stolperten übereinander und fielen... Direkt in einen Haufen weiß glühender Kohlen. Schmerzerfüllt sprangen sie auf, ihr wunderschönes, goldenes Fell war von schwarzen Brandwunden übersät und es stank ganz fürchterlich. "Du gieriges...!", brüllte der Löwe und schmiss ihnen noch einige Kohlen hinterher, die sie am Schwanz erwischten. Abermals jaulten sie auf, ließen das Fleisch fallen und humpelten gedemütigt davon. Sie versteckten sich im Busch und bis ins Morgengrauen leckten sie jammernd ihre Wunden. Erst dann trauten sie sich wieder heraus. Die anderen Tiere waren verschwunden, vom Festessen waren nur noch ein paar abgenagte Knochen geblieben, mit denen sie sich nun zufriedengeben mussten.

Von diesem Tag an hatten alle Tiere ein neues und einzigartiges Äußeres. Selbst die Hyänen, die sich geweigert hatten, dieses Opfer für die Gemeinschaft zu erbringen, sahen nun gewaltig anders aus. Ihr Hals und die Vorderbeine waren nun viel zu lang, daher humpeln sie so seltsam. Ihrem fleckigen Fell ist nichts von dem alten Glanz geblieben und aus Scham vermeiden sie den Kontakt zu den anderen Tieren. So fressen sie bis heute nur noch die Überreste der Beute anderer.

38. Bombenstimmung

Am nächsten Morgen verließen wir Okaukuejo in östlicher Richtung gen Camp Namutoni. Eine Bande getüpfelter Hyänen durchstreifte mit gesenktem Haupt das Land und versuchte, mithilfe ihrer feinen Nasen Nahrung aufzuspüren. Oder hatten sie bereits gegessen? Jedenfalls eskortierten sie uns bis zu einer Herde Zebras, die in einiger Entfernung graste, bevor sie sich aus dem Staub machten. Riesentrappe Joseph hatte wohl ebenfalls einen besonders guten Tag erwischt, denn selbst er stolzierte mit einer Bombenlaune durch das Feld, als wäre er frisch verliebt. Er passierte die Straße vor uns, nicht jedoch, ohne uns frech anzugrinsen. Wir bogen in die entgegengesetzte Richtung, wo ein bemalter Stein ein Wasserloch ankündigte. Dieses war so ausgetrocknet wie die Überreste der Bäumchen in seiner Umgebung. Auf der kargen, von Steinen übersäten Ebene dahinter tummelten sich einige gut gelaunte Zebras, die uns neugierig beobachteten, bis einer von uns endlich das braune Geschöpf mit kräftigem Schnabel entdeckte, das auf einem der trockenen Stämme saß und wie ein Aufseher das Geschehen unter sich verfolgte. Die Federn an den Schwingen des Raubadlers waren schwarz gefärbt, während Brust und Nacken das warme Braun bis zum Ansatz des Schnabels trugen, der anfangs weiß war, doch mit der stark nach unten gebogenen Spitze immer dunkler wurde. Für einen Vogel dieser Größe trug er einen gewaltigen Brocken Stolz mit sich herum, der mich fast daran zweifeln ließ, dass er fliegen konnte. Andere fanden die Ansicht überzeugender, dass der Adler einfach keinerlei Angst oder Respekt vor uns habe, sodass er es gar nicht nötig hatte, zu fliegen.

Unser Weg führte uns an einigen Paradieskranichen vorbei, die mal allein, mal zu zweit in der Erde herum bohrten und sich dabei (zu Recht) wunderschön vorkamen. Bald kamen auch wieder Zebras daher, die wohl allesamt eine äußerst zufriedenstellende Woche erlebt hatten. Sie machten mit ihren kleinen Kindern Spaziergänge neben und auf der Straße, die Mütter gewährten ihren Jüngsten einen kleinen Vormittagssnack. Auch streckten sie uns nicht wie gewohnt einfach nur ihren Rücken entgegen, sondern grasten einfach ungestört weiter. Nach einiger Zeit hatten sich die Zebras wieder in der Weite des Landes verloren. Da entdeckte Jonas ein sehr merkwürdiges Wesen, das wir einstimmig für den Chef des Nationalparks hielten. Er war zwar nur etwa so groß wie ein zwölfjähriges Kind und ging etwas gebeugt, aber sein schwarz-grauer Businessanzug mit weißem Hemd passte wie angegossen. Neben einer seltsam glänzend orangenen Bemalung um die Augen war auch seine Frisur wirklich bemerkenswert. Von seinem Hinterkopf standen einige dunkle Fransen ab, die beinahe aussahen, wie … Federn? Peinlich spät überrissen wir, dass der elegant gekleidete Staatschef, der hier mit geschwollener Brust durch die offene Savanne schritt, eigentlich ein Vogel war; Und nicht irgendein Vogel, sondern *der* Vogel, dem der Name, den man ihm gegeben hatte, wohl am gerechtesten wurde: Der Sekretär.

Wir begaben uns weiter in den Süden, um via Rhino Drive zum Etosha Lookout zu gelangen. Ersterer war leider wegen vorheriger Überschwemmung gesperrt worden, was uns dazu verleitete, über den Dik Dik Drive zum zentralen Halali Camp zu fahren, um dort am Wasserloch Mittag zu essen.

Der Dik Dik Drive war im Gegensatz zum Nashornweg sehr viel kürzer, sah aber ähnlich aus. Die offene Savannenlandschaft verschwand hinter grünen Büschen und Bäumen, die hier mehr, da weniger gediehen. Der Weg machte eigentlich nur eine kleine Schleife, doch schon bald entdeckten wir etwas, von dem wir vorher nie geahnt hätten, wie sehr wir es ersehnt hatten. An einem Busch, der frisch ausgetrieben hatte, nagte ein zwergenhaftes Tier, das Ähnlichkeiten mit einer kleinen Antilope hatte. Das Dik Dik war so mickrig geraten, dass es seinen - zugegeben recht langen - Hals weit ausstrecken musste, um an die Knospen zu kommen, die etwas weiter oben wuchsen. Seine aufmerksamen, doch scheuen Augen umfasste ein weißer Ring, der in einen schwarzen Fleck überging, der wie eine dunkle Träne herunterlief. Der zierliche Kopf mündete vorne in eine spitze Schnauze, trug spitze Ohren und war von einem Paar winziger, nadelförmiger, schwarzer Hörnchen besetzt. Farblich war der Körper zweigeteilt. Kopf, Brust, Bauch, der lange Hals und die Beinchen ähnelten der dominierenden, hellen Farbe des Springboks, während der Rücken und die hintere Körperhälfte von einem feinen Schuppenkomplex dunkelgrauer und weißer Farbe bestimmt wurden. Gefräßig wie ein hungriges Kind knabberte es an den Knospen und schielte neugierig, leicht verängstigt, doch interessiert zu uns herüber. Als es sich schließlich abwandte, um zu gehen, drehte es sich noch mehrmals zögernd um, als könnte es von unserem Anblick so wenig ablassen, wie wir von seinem. Schließlich blinzelte es uns ein letztes Mal über die Schulter zu und verschwand endgültig im Gestrüpp.

Wie um den Zweiflern unter uns zu beweisen, dass es sich tatsächlich um ein seltenes Dik Dik gehandelt hatte, lief kurz nachher ein *Steinböckchen* vor uns über die Straße. Dieses war ähnlich klein und hatte dieselben Hörnchen zwischen den Ohren, doch ihm fehlte die charakteristische Musterung am hinteren Teil des Körpers. Der ganze Oberkörper war von einem feinen, hellen Braun, während der Bauch weiß blieb. Als es fort war, blieben wir stehen, um zwei schwarzweiße Vögel genauer zu betrachten, die in der Krone eines grauen, nur noch mit Dornen geschmückten Baumes herumsaßen und komische Dinge taten. Sie hatten einen gelben Schnabel, der zu kräftig, zu lang und zu breit für sie war. Da er so krumm zum Boden verlief, fragte ich mich, ob die Gelbschnabeltokos sie vielleicht beim Fliegen als Gegengewicht gebrauchten. In ihren Augen lag etwas Fieses, überhebliches, wie sie da spähend auf dem Baum saßen. Sie wirkten wie eines dieser Pärchen, das davon überzeugt war, gemeinsam die ganze Welt zu verstehen. Und doch begannen sie mir irgendwie sympathisch zu werden, denn sie zogen ihr Ding durch, waren nicht unnötig gemein zu anderen und es sah ganz so aus, als seien sie wirklich großherzige Eltern.

39. Alte Bekannte

Wir aßen also am Wasserloch des Halali Camps zu Mittag. Die Bänke dort waren ähnlich wie am Fishriver Canyon durch Bambusstangen vor der Bruthitze geschützt, die auch die Tiere in den Schatten der Bäume trieb. Es war entsprechend wenig los am Wasser. Während Laura für Julia posierte, die Fotos schoss, lehnte sich Jonas sterbend an sie. „Es ist … so … heiß.", röchelte er, doch niemand konnte ihn verstehen. Es war zu spät, die ganze Flüssigkeit war aus ihm gewichen und er war sich sicher, dass er gleich aufhören würde, zu atmen. Da reichte Simon ihm die Flasche des gekühlten Farmdudlers und seine Augen begannen zu glänzen. Er trank. „Ich … Du hast mich … gerettet!" raunte er theatralisch, worauf Julia ihm nur ihren Zeigefinger auf die Stirn drückte. „Quatschkopf!" sagte sie kopfschüttelnd.

Alle fuhren zusammen, als es unter einer der Bänke raschelte. Ein Erdhörnchen huschte heraus, setzte sich auf das steinerne Geländer, das den Sitzbereich von der *Wildnis* trennte und begann auf einem kleinen Stück roter Frucht herum zu nagen.

Zurück auf der Hauptstraße erstreckte sich bereits die riesige Etosha Pfanne vor uns, die mehr als die Hälfte des Parks ausmachte und hauptsächlich aus Kalk und Salz besteht. Pflanzen gab es dementsprechend kaum. Früher ist da mal der Boden abgesunken und hat einen See gebildet, der durch viele Flüsse gefüllt wurde. Irgendwann später sind diese Flüsse dann anders verlaufen und das Gebiet trocknete aus. Der Boden besteht seither aus den Grundstoffen, die die Flüsse herbeigetragen hatten: Salz und Kalk. Von der Hauptstraße ging ein Weg zu einem Ort ab, von dem man sich diese Ewigkeit von einem Nichts ansehen konnte. Plötzlich zeichnete sich auf der grünen Seite in einiger Entfernung eine

Wand aus schwarzen Kugeln ab, die abwechselnd ihre langen Hälse hoben und senkten. Das sah erst etwas befremdlich aus, dann seltsam und schließlich schlichtweg albern, ihr Auftreten als Gruppe machte diese komischen Straußen auch nicht eleganter. An der nächsten Ecke lauerten einige fiese Streifengnus, die vornübergebeugt den Boden aßen. Ich hatte ja gehofft, dass diese Viecher mittlerweile zum sogenannten *basic shit* gehörten, also zu Tieren wie Springboks, die zwar interessant sind, aber nicht mehr so sehr, als dass man in jedem Fall für sie anhalten müsste. Leider hatte diese Gruppe ein Junges dabei, was wir uns natürlich *ganz* genau anschauen mussten… Ein Gnukind sieht tatsächlich noch bescheuerter aus, als die Erwachsenen. Sein Fell hat eine hellere Farbe und die Stöckelbeinchen sind genauso lang wie sein Körper. Eine richtige Mähne hat es auch nicht und Hörner nicht mal im Ansatz. Als es in unsere Richtung blökte, hätte ich es gerne angesprungen, doch die unverständigen Menschen um mich herum schmolzen natürlich dahin. Gerade fragte ich mich noch, ob es etwas Scheußlicheres als diese Viecher gab, als tatsächlich ums nächste Eck eine Rote Kuhantilope neben einem Baum wartete und uns ungläubig aus ihren dunklen, schwarz umrandeten Augen ansah. Die rostbraune Farbe ihres Fells unterschied sich zwar von den Farbtönen der meisten anderen Tiere, doch Einzigartigkeit macht einen ja auch nicht automatisch schön. Das Tier war recht groß, die kräftigen Hörner wanden sich umeinander und es hatte breite, schwarze Streifen im Gesicht und auf den Beinen. Sein hilfloser, etwas verwirrter Blick erinnerte an einen Menschen, der versuchte seine Brille zu finden.

Als wir wenig später anhielten und achtsam das Auto verließen, lag plötzlich nichts vor uns. Das *Nichts* selbst erstreckte sich vor uns. Eine fade, trockene, graue Ebene, die in der Hitze des Tages schwitzte, kein Tier war *irgendwo* sichtbar, keine Abwechslung, keine Aussicht auf Wasser oder Leben. Über dem Blau des Himmels lag ein hellgrauer Schleier, der mit einigen kleinen Wolkenbüschen verziert war, sodass die Pfanne fast wie sein verschwommenes Spiegelbild wirkte. Dort, wo die beiden Ebenen aufeinandertrafen, hatten die Wolken merkwürdigerweise Platz für einen breiten, blauen Streifen gelassen, wohl um uns die Unterscheidung zwischen oben und unten zu erleichtern. Sobald alle ausgestiegen waren und sich der Trubel darum etwas gelegt hatte, gesellte sich, erst schleichend, dann ganz plötzlich eine alte Bekannte zu uns, die unsere Welt für einen langen Augenblick ganz für sich einnahm.

Unberührte Stille.

40. Flug des Marabu

Abends saßen wir am Wasserloch des Fort Namutoni, das seine schützenden Mauern für die Finsternis der Nacht um uns schloss und schlürften entspannt an unserem Kaltgetränk. Nicht weit von uns saß ein großes, unbeschreiblich hässliches Vogelwesen neben einem abgestorbenen Baum und befreite sich im Zwielicht des Abends vom Schmutz des Tages. Es erinnerte an einen Pelikan, dem das Gesicht abgezogen und der Kopf gerupft worden war. Dunkle, fettige Federn schützten wie ein schwerer Mantel mit weißem Kragen seinen krummen Rücken. Nur wenn er sich so sehr verrenkte, dass er auch die hintersten seiner Federn mit seinem kräftigen Schnabel bearbeiten konnte, blitzte die Pracht seines weißen Bauchkleides auf. „Was zum Kuckuck ist das?!" fragte jemand in die Stille, doch nur der Gesang einiger unsichtbarer Vögel schallte als Antwort zurück. Wir saßen noch eine Weile herum und betrachteten diese Kreatur, während die Sonne immer weiter herabstieg. Und Da! Gerade bevor es zu dunkel wurde, nahm es plötzlich Anlauf, schwang seine mächtigen Flügel, mit denen es fast ein ganzes Nashorn umhüllen könnte, zog schließlich den Kopf ein und hob nach einer ganzen Weile durchgeknalltem Herumrennen endlich ab. Etwas ungläubig sahen wir diesem seltsamen, scheinbar flugfähigen Wesen nach, bis es im letzten Licht des Tages irgendwo zwischen den spärlich angestrahlten Wolken verschwand.

Das Namutoni Camp war von relativ vielen Wasserlöchern umgeben, die wir am nächsten Morgen in einer Art Schleife abklapperten, bevor wir uns in Richtung Osten zum Tor aufmachten, um unsere Reise in die Sambezi Region fortzusetzen. Schon bald entdeckten wir in der Nähe der Fisher's Pan eine Großfamilie Flamingos, wie sie im schlammigen Grund des Tümpels nach Futter gruben und dabei im Kreis tanzten. Das ist auch so etwas, was nur Flamingos machen: Da stehen die auf einer Stelle im Schlamm und stampfen mit ihren Beinchen im Boden herum, während sie mit dem Schnabel versuchen, all die aufgewühlten Viecher zu erwischen, die verzweifelt versuchen, dem unerwarteten Totentanz zu entfliehen. Sie machen das aber nicht wie normale Tiere, indem sie systematisch den ganzen Boden abarbeiten, hin und her, um ja nichts zu übersehen, nein. Sie drehen sich stampfend um den Mittelpunkt, in dem ihr Schnabel steckt, bis sie meinen, sie hätten genug. Andere Tiere der Gruppe passen dabei herdentiermäßig auf, dass sich nicht unbemerkt ein Raubtier anschleicht und wieder andere albern herum, oder fliegen eine Runde über den See. Schöne Tiere eigentlich. Ihr Schnabel ist zwar seltsam krumm und manche haben eine ungesund pinke Färbung, aber viele sind einfach normal braun und diese Unterschiedlichkeit macht sie wieder sympathisch. Wenig später entdeckten wir zwei stolze Oryxexemplare, die sich, ihre spitzen Hörner bedrohlich nach vorne ausgerichtet, angespannt im Sand gegenüberstanden. Abwechselnd hoben und senkten sie ihre Köpfe, wandten sich mal hier, mal dort hin, als stellten sie beide Machtansprüche, denen der jeweils andere offensichtlich widersprach. Dann kehrten sie wieder in die Ausgangsposition zurück und verharrten kurz darin, bis der eine dem anderen schließlich eine Kopfnuss gab. Der Kampf hatte begonnen. Ich darf dabei erinnern, dass das Horn eines Oryx im Prinzip nichts anderes ist, als ein tödlich geschliffener, spitzer Speer, der gern seinen Meter lang ist. Und jeder der beiden Raufbolde besaß zwei davon. Man darf sich also vorstellen, dass beide ihr Bestes taten, durch wohlbedachte Aktion und Reaktion nicht vom Gegenüber aufgespießt zu werden. Es ist außerdem anzunehmen, dass beide zwar ihre Überlegenheit zu demonstrieren versuchten, in erster Linie jedoch einfach *nicht sterben* wollten.

Entsprechend vorsichtig kämpften sie; so werden die meisten Kämpfe weniger durch raffinierte Angriffe, als durch ausgefeilte Verteidigung gewonnen. So fochten sie also mit ihren zwei Speeren auf dem Kopf um die Vorherrschaft des … der … von was eigentlich? Vermutlich um das Revier...? Oder um die, zu diesem Zeitpunkt jedenfalls abwesenden, Weibchen? Wir werden es nie erfahren.

Auf dem Weg zum Osttor erfuhren wir von einem uns entgegenkommenden Inhaber teurer Ferngläser und Kameraobjektive von dem Versteck zweier katzenartiger Tiere, die im *Etosha* nicht mehr zu oft gesichtet wurden. Nach etwa drei Kilometern sollten sie etwas abseits des Weges zwischen zwei Schatten spendenden Kameldornbäumen und hinter einem hohen Termitenhügel liegen. Bald bemerkten wir einen Jeep, der am Rande der Straße stand. Wir hielten dahinter, als uns ein weiterer Jeep überholte und neben dem anderen stehen blieb. Die Fenster wurden geöffnet und ein kleines, blondes Mädchen so selbstverständlich herübergereicht, als wäre sie eine Flasche Wasser. Dann stellte sich der zweite Jeep vor den ersten, während uns verdeutlicht wurde, dass wir hier sicherlich richtig und die zwei Geparden, um die es sich handelte, genau dort drüben seien … gleich da, zwischen den zwei Bäumen, genau ... nein, beim anderen Termitenhügel, wenn sie die Köpfe heben, könne man sie sehen. Eine gute halbe Stunde schmorten wir in der Sonne, bis wir es mit unseren Ferngläsern schafften, die Köpfe dieser müden Geschöpfe auszumachen. Bis auf die beiden Bäume mit ihren weitgefächerten Kronen wuchsen weit und breit nur vereinzelt halb verdorrte Büsche. Die Lücke zwischen ihnen füllte ein grauer Termitenhügel. Direkt neben den beiden Stämmen faulenzten halb versteckt, jeder in seiner Mulde, tatsächlich zwei Geparden . . .

Dem zielstrebigen Flug eines Gelbschnabeltokos folgend, machten wir uns schließlich auf, dem Etosha National Park für ungewisse Zeit den Rücken zu kehren.

41. Bless the rains

Von nun an ging es weiter in den Norden. Dort war es deutlich feuchter und mit ein wenig Glück würde es vielleicht auch endlich mal regnen. Wir sorgten uns sogar ein wenig darüber, denn bei Starkregen zu fahren ist ziemlich gefährlich, vor allem da wir nichts übermäßig Gutes über die Straßen der Sambezi Region gehört hatten. Andererseits kennt dieses Land wohl kaum einen größeren Segen, als wenn nach langer Trockenzeit *endlich* Wasser vom Himmel fällt. Dafür ist im Norden aber auch anderweitig gesorgt. Während im restlichen Namibia zu dieser Zeit fast jeder durch ein Schild gekennzeichnete Fluss nicht existiert, verkehrten hier und in der Umgebung einige der größten und wasserreichsten Flüsse des südlichen Afrikas. So fließt der Kunene aus dem zentralen Hochland Angolas gen Süden, wo er einige hundert Kilometer die Grenze zu Namibia bezeichnet und schließlich im Atlantik endet. Wie bei der Spitzkoppe war das auch einmal anders. Früher, bevor der große Gondwana-Riegel zerbrach, war der Kunene nämlich bis in die Etosha Pfanne geflossen und hatte sie zu einem See aufgefüllt.

Der Sambezi entspringt fast 1000 Kilometer entfernt im Nordwesten Sambias, fließt dann über den Norden des Landes nach Angola und noch einmal quer durch den Westen Sambias hindurch, bis er bei Katima Mulilo Richtung Kasane abbiegt. Am Dreiländereck speist er dann den Chobe River, fließt selbst aber weiter gen Osten über die Victoriafälle, den Lake Kariba und durch die Cahora-Bassa-Talsperre nach Mosambik, durchquert das riesige Land und mündet nach über 2500 Kilometern letztendlich in den Indischen Ozean. Auf seinem Weg teilt er, wie der mächtige Okavango, sein Wasser mit etlichen weiteren Flüssen, die das Leben in diesen Gefilden erst ermöglichen.

Schon auf dem Weg nach Divindu, wo uns die Popa Falls erwarteten, wurde die Landschaft spürbar grüner und lebendiger. Immer öfter sahen wir in den ländlichen Gegenden, die wir passierten, kleinere, durch Holzpalisaden begrenzte Siedlungen, die oftmals nur eine Handvoll der schönen Rundhütten umfassten, die hier wohl üblich waren. Sie schienen aus langen Holzpflöcken zu bestehen, die das Dach aus dichtem, getrockneten Schilf trugen. Oftmals sahen wir mehrere dieser kleinen Siedlungen dicht nebeneinanderstehen.

Abends erreichten wir den Campingplatz an den Popa Falls, die im Endeffekt einfach nur eine Stromschnelle waren. Doch die *Stromschnelle* ... eines *Flusses;* gefüllt ... mit *Wasser*.

Durch eine ungekannt tiefgrüne, fast tropisch wirkende Natur, bestehend aus tief herunterhängenden Weiden und vielerlei farnartigen Pflanzen, liefen wir das erste Stück am 1700 Kilometer langen Okavango entlang, den wir bis in sein gigantisches Delta im Herzen Botsuanas begleiten sollten. Dampfend stieg eine Feuchtigkeit um uns auf, die uns selbst erst richtig vor Augen führte, wie sehr wir sie eigentlich vermisst hatten. Auf einmal schien Alles von Leben erfüllt, plätscherte, rauschte, zischte. Und dann, erst Tropfen für Tropfen, doch schon bald wie aus Kübeln, fing es *endlich* an zu regnen.

42. Apfeldesaster

Keine Stunde vor der Grenze zu Botsuana wurden wir auf ein Schild am Straßenrand aufmerksam. In verwitterter Schrift auf geschmacklosem, dunkelgrünen Hintergrund warnte man vor der Verbreitung der Maul- und Klauenseuche durch kontaminierte Lebensmittel, Fahrzeuge und Schuhe. Wir stöhnten auf, denn wir wussten, was das bedeutete. Es folgte das altbekannte und stets beliebte Gruppenspiel "Aufzählen, was gemeint sein könnte", hier in der Kategorie "Lebensmittel, die wir abgeben müssen". So ganz klar waren uns die Regeln zwar nicht, doch erinnerten wir uns, dass wir seit Tsumeb tonnenweise *Biltong* im Auto hatten. Was also folgte, war eine unsägliche Zerstörungsaktion, die auf der Rückbank des fahrenden Autos von Simon und Jonas veranstaltet wurde und bei jedem anderen Menschen wohl zu schmerzhaften Bauchkrämpfen geführt hätte. Da Trockenfleisch jedoch mehr als nahrhaft ist, blieb, wenn nicht vieles, dann doch einiges, unangetastet, bis wir am Grenzposten ankamen. Man ging die üblichen Formalia durch. In einem für die Gruppe der Grenzübertreter viel zu kleinen Gebäude saßen zwei unmotivierte, gemütliche Beamte hinter einem Schalter, nahmen Pass und ausgefülltes Formular entgegen, kopierten, stempelten, trugen irgendwo irgendetwas ein, fragten nach dem Autokennzeichen und gaben schließlich das nun mit der Befugnis zur Durchreise versehene Ausweisdokument zurück. Draußen lag vor einem noch viel kleineren, roten Häuschen eine Fußmatte in einer flachen Wanne, die mit einer von tausend Schuhen verdreckten, braunen Flüssigkeit gefüllt war, in die jeder einmal hineintreten durfte. Außerdem mussten alle weiteren Schuhe desinfiziert werden. Auch jene, die notdürftig in einer unserer vielen Plastiktüten verpackt, eigentlich nur noch darauf warten, in ihren wohlverdienten Ruhestand zu treten. Ein Beamter fragte all die überforderten, durcheinander wuselnden Touristen nach bestimmten Lebensmitteln, worauf wir unsicher alles, was eventuell gemeint sein könnte, aufzählten. Von Maismehl über Äpfel bis hin zu Trockenfleisch. (Man will an der Grenze ja keine Fehlangaben machen!) Da sprach der Herr in Uniform zu unserer Verwunderung aus: "The meat is fine. Just the apples."

Jonas zog eine geschlagene Miene, Simon starrte, sein Gesicht in der Hand vergraben, müde in die Leere. Aufopferungsvoll verschlang Jonas in kürzester Zeit noch zweieinhalb Äpfel, indem er, glaube ich, irgendwie seine Luftröhre umklappte, um so einen gewaltigen Sog Richtung Magen zu erzeugen, bis man ihn daran erinnerte, dass Menschen atmen müssen, worauf er schweren Herzens die restlichen sechs Äpfel in der roten Tonne vor besagtem Häuschen versenkte. Erledigter Dinge saßen wir also wieder im Auto, fuhren noch über eine tiefe Bodenwelle, die man sich als Bakterien tötenden, kleinen Pool mitten auf der Straße vorstellen darf und folgten der kurvigen Straße weiter Richtung Kasane.

43. Ankunft

Kasane ist ein wichtiger Knotenpunkt im südlichen Afrika und liegt ganz weit im Nordosten Botsuanas. Die durch Industrie und Tourismus geprägte Stadt liegt im Grenzgebiet der vier Länder Namibia, Botsuana, Simbabwe und Sambia. Zwischen den beiden letzten liegen die Victoria Falls, während sich von hier aus weiter südlich der Chobe Nationalpark, benannt nach dem Chobe River und nicht zuletzt das gigantische Okavangodelta erstrecken.

Wir hielten auf dem recht heruntergekommenen Parkplatz eines kleinen Einkaufszentrums, um unsere Lebensmittelvorräte - insbesondere Äpfel – aufzustocken. Außerdem hoben wir botsuanische Pula ab, die etwas mehr wert waren, als die Namibia-Dollar und kauften inländische SIM-Karten. Wir teilten die Aufgaben ein und so saß ich mit Jonas im Auto herum und betrachtete diesen merkwürdigen Ort. In einer U-Form waren verschiedenste Läden aufgereiht, denen weitere außerhalb unseres Sichtfelds folgten. Statt Supermarkt A bot hier Supermarkt B beinahe alles, was das Herz begehrt. Zwei kleinere Lebensmittelmärkte am Boden des U's bildeten den Eingang in die ungesehene Tiefe der Marktgasse. Inmitten der Straße, die alles verband, waren zwei Parkreihen eingefasst, die stets befahren, beladen und wieder verlassen wurden. Neben der Ausfahrt versorgte eine Tankstelle die Autofahrer. Quer gegenüber unserer Parklücke stiegen gerade drei laut lachende Polizisten in tarnfarbener Uniform aus ihrem rostigen Dienstwagen. Neben einem Bankgebäude waren einige Geldautomaten aufgereiht, an denen vielleicht vierzig Leute darauf warteten, Geld abzuheben. Zwei Reihen neben einem hochgewachsenen Mann mit kurz rasierten Haaren, der in einen stilvollen, schwarzen Anzug gekleidet war und geschäftig auf seinem Handy herumtippte, stand eine dicke Mama im

bunten Kleid voll runder Muster in verschiedensten Rottönen, die langen Haare hochgesteckt. Auf ihrem Rücken trug
sie ihr Kleinstes in ein blaues Tuch gewickelt, während sie
versuchte, die beiden anderen Kinder, ein Junge mit unge-
trimmten, kurzen Locken im frechsten Alter und ein junges
Mädchen mit aufwendig gebundenen *Cornrows*, im Auge zu
behalten und entsprechend zusammenschrie. Sie trug ein
knielanges, blaues Kleid mit leuchtend gelben Zeichnungen.
Den langweiligen, grauen Pullover des Halbwüchsigen zierte,
wie als Entschuldigung für die Einfallslosigkeit des Designers
ein Schriftzug wie "It's not easy being the King". Nachvoll-
ziehbar... Eine Reihe weiter schimpfte ein weißer Tourist in
Kakihose leise darüber, wie lange hier einfach *alles* brauchte,
während ein krummer, vom Alkohol gezeichneter, älterer
Herr in abgetragener, schmutziger Kleidung sein Bestes versuchte, hier und da ein paar Münzen zu erbetteln. An einem
der Automaten ganz vorne stand schon der nervöse, schwit-
zende Simon und hob wohl gerade einen Batzen Geld ab, als
ein paar Reihen weiter Unruhe entstand. Ein paar wütende
Menschen machten genervt von ihrem Automaten kehrt, worauf ihnen einige der Wartenden etwas zuriefen. Einen Augenblick später unterhielt oder beschimpfte sich die ganze
Menge bereits lautstark. Vielleicht berieten sie sich auch. Das
ist immer schwer zu sagen, wenn man die Sprache nicht ver-
steht. Während wir also beobachten konnten, wie sich diese
Schar der verschiedensten Leute gegenseitig anplärrte und einige versuchten, sich in eine andere Reihe zu drängeln, kehrte
Simon etwas abgehetzt zum Auto zurück. „Alles ok?", fragte
Jonas besorgt. „Ja, Ja.", machte Simon, der sich beeilte, ins
Auto zu kommen. „Geld is' alle."

Sobald wir alles erledigt hatten, machten wir uns auf den
Weg zum Senyati Safari Camp, das uns für die nächsten vier
Tage als Lager dienen sollte. Die Straße, die aus Kasane

145

herausführte, war vollgestopft mit schwer beladenen Lastern und langen Anhängern. Hier fuhren große Konzerne ihre Rohstoffe spazieren, viele davon wahrscheinlich direkt runter nach Südafrika. Der stockende Verkehr führte uns alsbald zu einem Road Block, der uns freundlich durchwinkte. Hiernach dünnte sich der Verkehr aus und neben der Straße blühte es wieder grün auf. Nach zwei Minuten bemerkten wir am Straßenrand einen dunklen Elefanten, der gelangweilt an einem Baum knabberte. Er stand neben dem Schild, das uns bedeutete, nach links auf eine durchgeweichte Sandpiste zu biegen, um zum Camp zu gelangen. Julia war nicht vollständig begeistert, diesen, zum Teil gefährlich matschigen, Sandweg passieren zu müssen, doch brachte uns abermals sicher zur Rezeption. Das Camp lag, etwas durch Bäume geschützt, innerhalb einer sehr freien Ebene nahe der Grenze zu Simbabwe. Hier war es angenehm grün und feucht. Die Rezeption war ein kleines Häuschen, das außen zwar mit seltsamen Souvenirs und Werbung für eigene Angebote behangen war, es aber trotzdem schaffte, einen gewissen Stil zu wahren. Verschiedene Hütten standen hier herum und als wir uns etwas umsahen, fiel uns nur ein paar Schritte von der Rezeption durch die herabhängenden Äste einiger Bäume etwas Merkwürdiges auf. „Ist das...?" Wir bezahlten schnell und folgten unserer Neugier zu einem etwas breiteren Gebäude mit Obergeschoss, das sich als Bar entpuppte. Gleich dahinter war ein kleines Wasserloch angelegt, an dem gerade fünf Elefanten tranken und herumalberten. Da erkannten wir das Ausmaß dessen, was wir vor uns hatten. Direkt neben dem Camp, dessen Grenze die Bar markierte, öffnete sich eine gewaltige, offene Ebene; eine saftige, grüne Wiese zog sich weit bis zum Horizont, den einige breitgekrönte Akazien unterstrichen und überall, wohin wir blickten, sahen wir Elefanten. Einige trabten mit ihrer Herde umher, andere standen allein und fraßen, hier blödelten einige Jugendliche herum, dort warfen welche witternd ihren Rüssel in die Luft. Wir waren in Botsuana angekommen.

44. Lauf der Dinge

Wie sich herausstellte, war das Camp nicht abgezäunt und lag mitten in der Natur. Nahe der Bar war ein kleiner, unterirdischer Tunnel angelegt, der kurz vor dem Wasserloch in einer Beobachtungsnische endete. Dort war man den trinkenden Elefanten ganz nahe, doch war der Tunnel so eng, dass wir lieber ein paar Meter weiter weg auf einer gemütlichen Couch saßen und mit einem kühlen Getränk in der Hand den Ausblick genossen. Wir aßen zügig und legten uns früh schlafen. Am nächsten Morgen erwachten wir um sechs Uhr, frühstückten eilig und sprangen auf einen Jeep, mit dem wir im nahen Chobe Nationalpark einen – diesmal geführten - Game Drive unternahmen. Der Fahrer begrüßte uns herzlich und stellte sich kurz vor. Auf unsere unverständigen Blicke und verkrampften Zungen erwiderte er grinsend: „I know, my name is too difficult for you, so just call me MJ." MJ war ein geschwätziger Kerl, der sehr viel lachte. Querfeldein preschten wir über verschiedene Feldwege und erreichten nach einer Viertelstunde die Tore des Parks. Anders als im Etosha fuhren wir über Sand statt über Kies und die Wege waren ziemlich holprig. Julia musste ziemlich froh sein, dass wir diese Tour nicht selbstständig machten. Anfangs verlief der Weg durch einen dicht bewaldeten Teil, wobei wir zur Rechten stets den Fluss sehen konnten, der sich durch eine weitläufige, lichte Ebene bahnte. Immer wieder trafen wir Jeeps von anderen Unternehmen, jedes Mal hielten die Fahrer an und unterhielten sich eine Weile.

Hier gab es massenhaft Impalas. MJ erklärte, dass die Tiere immer zur Regenzeit Nachwuchs bekämen und falls es nicht genug Wasser gab, ihre Schwangerschaft sogar abbrechen könnten. Diese Antilopen liefen hier herum, wie die Springboks im *Etosha*. Mehrmals begegneten wir Elefanten, von denen manche zögernd am Wegesrand stehen blieben und uns misstrauisch beobachteten, während andere sich so gar nicht für uns interessierten. Bald fuhren wir rechts vom Waldweg ab und folgten dem Ausläufer des Chobe Rivers, wo wir in großer Entfernung ein paar Büffel im Wasser planschen sahen. Hier begann sich nun die feuchte Ebene um die vielen Arme des großen Flusses auszubreiten, dessen Hauptader allein das Gebiet dermaßen einnahm, dass es genauso gut ein See hätte sein können. Das ganze Wasser verändert echt *alles*, dachte ich mir.

Bei einem der kleinen Ausläufer neben der Straße sahen wir viele seltsame Vögel nach Futter suchen. Etwa den Afrikanischen Löffler, ein weißer Vogel mit rosa Schnabel, der wie ein plattgedrückter Löffel aussieht, oder das kleine Blaustirn-Blatthühnchen. Dieses eigenartige Tier mit braunrotem Körper und schwarzweißem Kopf läuft auf grauen Zehen, die aufgefächert die Fläche zweier gespreizter Menschenhände umspannen. Auf diese Weise verlagert es sein Gewicht so stark, dass es über die dünnen Blätter der Wasserlilien laufen kann, ohne zu versinken. Auf einem Landstreifen dahinter hielt ein *Marabu* nach leichter Beute Ausschau. Da setzte der Jeep auf einmal zurück und wir entdeckten an der zum Ufer abfallenden Seite ein gut getarntes, noch recht kleines Nilkrokodil im Schlamm dösen. Doch auch in dieser Größe sah es furchterregender aus, als jede Raubkatze, die ich kennengelernt hatte. Seine lederne Haut glich einem dornenbesetzten Schuppenpanzer. Seine fiesen, grimmigen Augen schienen auf uns fixiert und gleichzeitig leer durch uns durch zu blicken. Sein spitz zulaufendes Maul griff trotz der ungleichmäßigen Zähne wie ein Reißverschluss ineinander. Krokodile jagen nachts, erklärte MJ. Sie fressen hauptsächlich Fisch, doch schnappen sich auch mal unvorsichtige Säugetiere, die zum Trinken ans Wasser kommen. Dieses Exemplar würde allerdings die nächsten Jahre erst einmal nur Fisch zu sich nehmen, was mich *überhaupt nicht* beruhigte. Bald trafen wir auf eine weitere Herde Impalas, die sich auf beiden Seiten des schmalen Nebenflusses verteilt hatte. Die Tiere, die das Wasser noch nicht überquert hatten, drucksten eigenartig herum, als sie uns sahen. Sie tippelten nervös umher, wie Kinder im Sportunterricht, wenn sie das erste Mal Weitspringen üben und schoben immer wieder peinlich berührt den Nächsten vor sich. Nach und nach nahm doch eines nach dem Anderen kurz Anlauf und sprang mit fast angelegten Beinen in einem *viel zu großen* Bogen über das Bächlein, als wäre es der Atlantik. Während wir belustigt diesem Schauspiel folgten, sahen wir einen eigenartig zu groß geratenen, pechschwarzen Vogel vorbei spazieren, der uns mit einer gewissen Arroganz fast angewidert beäugte. Wie ein Aristokrat, der sich fragte, was diese Gruppe Bauern auf seinem Hof zu suchen hatte, wo er doch nur ungestört seinem Geschäft nachgehen wollte. Der Hornrabe ist ein stämmiger Vogel von der Höhe eines Springboks, unter dessen groben Schnabel ein knallroter Kehlsack baumelt, der in seinen Bewegungen wirkt, wie eine mit Edelsteinen besetzte Königskette. Wie wir ihm nachblickten, entdeckten wir eine weitere kräftige, geschuppte Echse mit länglichem Kopf im Sand liegen. Die glatten Schuppen des dunkelgrünen Wasserwarans waren fragmentarisch mit hellen Mustern versehen, sein abgeflachter Schwanz machte fast die Hälfte seines Körpers aus. Sein Blick wirkte zwar weniger bösartig, als einfältig und naiv, doch sah er um einiges beweglicher aus, als das ähnlich große Nilkrokodil und somit ganz und gar nicht weniger gefährlich. Im Laufe der Fahrt durch diese belebte Landschaft, die in unserem Blickfeld mehrmals vom Fluss geteilt wurde, sahen wir immer wieder Nilpferde oder Büffel in der Ferne schwimmen, bevor wir schließlich zurück in den bewaldeten Bereich bogen. Julia, die eine gewisse Vorliebe für Aasfresser zu haben schien, entdeckte vor Freude glucksend auf der Krone eines kahlen Baumes zwei glatzköpfige Geier sitzen. MJ erklärte uns, dass diese mit Vorliebe solche Stellen als Ausguck benutzen, da sie zwar über eine äußerst feine Nase für faulendes Fleisch verfügen, die Blätter eines gesunden Baumes aber einen Großteil des Aasgeruchs abschirmen. Beim Gespräch mit dem nächsten Fahrer, dem wir begegneten, schien die Stimme MJ's einen erfreuten Klang anzunehmen. Er wendete abenteuerlich im Schlamm und als wir das nächste Mal zum Stehen kamen, bemerkten wir vorerst nur die unzähligen bläulich schimmernden Schmeißfliegen, die auf einmal den Jeep auskundschafteten. Als wir ihren Flug zurückverfolgten, entdeckten wir recht schnell das Büffeljunge, das mit ausdruckslosen Augen reglos am Wegesrand lag, von Fliegen übersät, die sich um eine klaffende Bauchwunde versammelt hatten und eifrig daran herum knabberten. Das Tier war nur noch Haut und Knochen. Durch das Loch in seiner Seite war gähnend leer der ausgeschlachtete Körper zu erkennen. MJ erläuterte, dass es das Werk einiger Löwen gewesen sein musste, die sich womöglich noch in der Nähe aufhielten. Sofort wurden wir sehr aufmerksam und suchten mit unseren Blicken gründlich die nächste Umgebung ab, während MJ vorsichtig wendete. Zuerst sahen wir einen weiteren Büffel, diesmal einen ausgewachsenen, der ebenfalls tot und leer nur einige Meter vom Jungen entfernt lag. In sicherem Abstand entdeckten wir schließlich eine sichtlich vollgefressene Löwin faul zwischen dem farnartigen Gestrüpp unter einem Baum liegen. Sie machte keine Anstalten aufzustehen, nur hin und wieder rollte sie sich schwerfällig von der Seite auf den Rücken und wieder zurück. Einen Baum weiter gähnte die zweite, die immer, wenn sie sich umwandte, ihre Beine weit von sich streckte.

Ein Anblick, der irgendwie alles vereinte. Die hart arbeitenden Fliegen auf den nun toten Büffeln. Daneben die befriedigten Raubkatzen, die die schwere Kost verdauten und schließlich die Menschen, die staunend dabei zusahen. In Jonas' Blick war ein gewisser Neid zu erkennen und ein tiefes Grollen ertönte aus der Tiefe seines Bauchs.

45. Auf dem großen Fluss

Für den Abend war eine Bootstour auf dem Chobe geplant. Jonas und Laura begannen schon ungeduldig zu diskutierten, ob man vergessen hatte, uns abzuholen. Jonas war überzeugt, dass schon jemand kommen würde und war ein wenig beleidigt, als wir sicherheitshalber trotzdem schon mal zur Rezeption gingen, um zu fragen. Tatsächlich hatte die Dame vergessen, für uns den Transfer zu organisieren, was sie nun eilig nachholte.

Wenige Minuten später raste ein Kleinbus auf das Gelände. Aus ihm sprang eine ältere, kleine und völlig durchgeknallte Frau mit krausem Haar, öffnete die große Schiebetür und einen Wimpernschlag später heizten wir mit Vollgas über die Hauptstraße Richtung Kasane. Im Bus war viel Platz und die Klimaanlage war auf -30 Grad eingestellt. In regelmäßigen Abständen schimpfte die Fahrerin über irgendwelche anderen Verkehrsteilnehmer, erklärte uns, dass ihr niemand Bescheid gesagt hätte und wie eilig wir es hätten. Letzteres hatten wir uns irgendwie schon gedacht. Wir überlebten die Fahrt und wurden vor einem Steg am Flussufer abgesetzt, wo wohl täglich derartige Bootstouren begannen. Hier wartete bereits ein junger Mann in seinem Motorboot und half uns einzusteigen. Mir wurde gleich etwas unwohl. „Schon wieder aufs Wasser", dachte ich benommen. Kaum hatten wir uns hingesetzt, gab er auch schon Stoff und wir brausten in Windeseile über den Fluss. An einer breiten Stelle, wo sich der Fluss gabelte, hielten wir neben einem weiteren Boot, auf dem bereits sechs andere Touristen Platz gefunden hatten. Während der Kapitän uns willkommen hieß und seine Witze über die hiesigen Krokodile machte, stiegen wir eine nach dem Anderen mitten auf dem Chobe River von einem wackligen Seegefährt aufs nächste. Leicht taumelnd fanden wir unsere Plätze und abermals setzte sich das Metallkonstrukt unter uns in Bewegung. Zu beiden Seiten des dunkelgrünen, undurchsichtigen Wassers waren gesunde, hellgrüne Wiesen zu sehen, auf denen sich etliche verschiedene Tierarten tummeln mussten, sobald die Hitze des Tages anfing zu weichen. Zu unserer Linken waren anfangs noch einige Hüttchen von Fischern oder Bootsstege zu sehen, die aber, je weiter wir dem Flussverlauf folgten, zunehmend von einzelnen Bäumen abgelöst wurden, die ihre langen Äste schützend über das Ufer hielten.

Bald blieben wir das erste Mal für einen gigantischen Vogel stehen, der in einiger Entfernung still sinnend im Gras saß. Ein grau gefiederter Körper stützte den weinroten Schädel, dessen langer, spitzer Schnabel mal in der Luft, mal im Boden herumstocherte. "Ein Goliathreiher", raunte Jonas ehrfürchtig. "Der größte Reiher der Welt."

Wenig später schien der Bootsführer etwas am Ufer entdeckt zu haben. Vorsichtig drosselte er den Motor. Mit einem herausfordernden Blick wandte er sich an uns. "Who can see it?" Konzentriert suchten wir den Bereich um das Ufer mit unseren Augen ab, als sich dort auf einmal ein riesenhaftes Maul öffnete und in einen tiefen Rachen blicken ließ. Die zwei unteren Hauer wirkten wie Eckpfeiler für das Gebiss und ließen Zweifel offen, dass wir einen Pflanzenfresser vor uns hatten. Dieses *unfassbar* fette Wesen hob langsam seinen Kopf aus dem seichten Gewässer und fixierte uns mit drohendem Blick. Gleich neben ihm schwamm ein zweites. Nilpferde, so erklärte der Kapitän, haben sehr empfindliche Haut und vertragen die Hitze der Sonne sehr schlecht. Deshalb verbringen sie den ganzen Tag unter Wasser. Schwimmen können sie aber nicht, was man sich irgendwie denken kann. Deshalb laufen sie auf ihren kurzen, aber kräftigen Beinen   durch   das   Wasser   und   sind   entsprechend aufgeschmissen, wenn sie keinen Grund mehr unter ihren Füßen haben. Die beiden waren noch nicht bereit herauszukommen, obwohl die Sonne schon langsam unterging. Dafür signalisierten sie uns noch einige Male recht deutlich per aufgerissenem Maul, dass wir sie nervten und uns lieber schnell verziehen sollten. Wir beugten uns ihrem Wunsch und fanden wenig später zwei fettleibige Prachtexemplare, die ganz entspannt am Ufer grasten, während einige Vögel ihnen die Ohren putzten. Die Hautfarbe dieser seltsamen Tiere liegt irgendwo zwischen rosa und schwarzgrün und ihr Maul ist so breit, dass man sie ohne weiteres als Rasenmäher einsetzen könnte. Die Köpfe zusammengesteckt gingen sie eifrig ihrer Nahrungssuche nach, denn sie hatten ja nur knapp sechs Stunden Zeit, um ausreichend Grünzeug zu mampfen. Die fünf kleinen Madenhacker, die sich auf den beiden verteilt hatten, stocherten fröhlich in der dicken Haut herum, kratzten Schmutz aus den Ohren und verschlangen zur Freude der Großen das bösartige Kleingetier, das ihnen sonst so zu schaffen machte.

Während wir so über das dunkle Gewässer zwischen kleinen Inseln und breiten Feldern hindurch glitten, neigte die Sonne sich weiter dem Horizont zu. Jonas genoss es sichtlich und sog alles in sich auf, die kleinen Wellen, die wir schlugen, das Schäumen am Rand des Bootes, selbst das unruhige Wackeln, das mir einen schwummrigen Magen bereitete. Es war echt ein eigenartiges Gefühl, auf einer Ebene zwischen Nilpferden und unsichtbaren Krokodilen, zwischen Wasserböcken und hohem Schilf zu schwimmen, als sei es das Natürlichste der Welt. Nachdem wir immer wieder kurz gehalten hatten, um ein Krokodil oder einige junge Warzenschweine am Ufer zu betrachten, entdeckten wir auf dem Rückweg einen Elefanten, der an einer stark zertrampelten Stelle auf eine Gruppe Impalas zulief, seinen Rüssel in die Luft hievte und sie mit Tröten und Stampfen zu verscheuchen versuchte. Dem Gesicht des Tieres nach war es schwer zu urteilen, ob er mit den Antilopen spielen wollte, oder sie im nächsten Moment zertreten würde. Nach und nach wichen sie jedenfalls immer weiter zurück. Kaum waren sie verschwunden, brach auch schon eine vielleicht zwanzigköpfige Elefantenfamilie wild gestikulierend aus der hinteren Baumreihe. Sie nahmen schnell den gesamten Platz für sich ein und waren sich bald einig, dass abgesehen von dem großen, schwimmenden Tier auf dem Wasser, die Luft soweit rein war. So streiften sie eine Weile an Land herum, bespritzen sich gegenseitig mit Schlamm, oder rauften ein wenig, bis sie sich sicher genug fühlten, dass von uns keine Gefahr ausging.

Da drehte sich plötzlich ein junger Elefantenbulle in unsere Richtung und machte drei große Schritte vorwärts. Jonas begann ehrfürchtig zu flüstern: „Alright. Let's do this. Leroooooooooooy…" Wie aus dem Nichts begann der graue Riese Richtung Wasser zu sprinten und stürzte sich Hals über Kopf hinein, tauchte seinen Kopf unter und schüttelte sich wild, als er wiederauftauchte. Dann schwamm er ein paar Meter und spritzte eine Fontäne in die Luft. Schon folgten ihm zwei weitere, wenn auch etwas zurückhaltender und nur wenige Augenblicke später war der ganze Fluss vor uns voller badender und spielender Elefanten. Nur ein einziges Pärchen blieb wachend am Strand zurück, wo sie sich liebevoll gegenseitig Wasser über den Kopf gossen.

46. Unbeschreiblich

Wir beschlossen, nicht ohne Führung zu den Victoriafällen zu fahren und buchten einen Transfer für den nächsten Morgen. Das war auf keinen Fall eine schlechte Idee. Einige Monate zuvor war nämlich der jahrzehntelange Herrscher von Simbabwe *gegangen worden* und wir waren uns der politischen Stabilität in Simbabwe nicht sicher. Wieder war es ein gut gelaunter Kerl, der uns erst einmal zum Grenzposten Botsuana-Simbabwe fuhr, wo die uns bereits bekannten Formalia stattfanden. Ich freute mich über den fröhlichen Amerikaner mit grauem Vollbart, der sehr viel lachte und gute Stimmung verbreitete. Das Grenzhäuschen war hier größer und die motiviert arbeitenden Beamten trugen eine gut sitzende Uniform. Statt eines halbherzig aufgedruckten Stempels fanden meine Begleiter eine Art offiziellen Sticker in ihrem Pass, der eine halbe Seite einnahm und mit den bunten Streifen der Flagge Simbabwes geschmückt war. Kurzum: Man bemühte sich, den stets nervösen Touristen einen möglichst zügigen und angenehmen Grenzübertritt zu ermöglichen. Hiernach folgten wir einer langen, geraden Straße, über die wir begleitet von hoffnungsvollen Reggae-Riddims und einer tropischen Waldlandschaft bis zum Touristenort Victoria Falls gelangten. Dort war natürlich die Hölle los. Tausende Touristen liefen herum, um nochmal Geld abzuheben, oder verschiedene Angebote, wie das lebensmüde Bungeejumping, zu buchen. Kaum hatten wir angehalten, kam sofort eine Hand voll Straßenhändler auf uns zu, die uns verschiedene Souvenirs andrehen wollten. Das Angesagteste darunter waren wohl die 20-, 50- und 100-Milliarden Simbabwe-Dollarnoten der ehemaligen, vollkommen zu Grunde gerichteten Währung.

Wir fuhren weiter zu einem Parkplatz direkt vor dem Victoria Falls National Park. Ein Treffpunkt für die Rückkehr wurde vereinbart und wir uns selbst überlassen. In diesem Moment fing es, wie als kleine Einstimmung, furchtbar an zu regnen. Wir rannten rüber zum Eingang und versuchten, möglichst schnell hineinzugelangen. Während der Regen auch schon wieder nachließ, begannen wir, den Pfad entlang zu wandern, der uns vorerst zu der großen, ockerfarbenen Statue eines beachtlichen Mannes führte. Er trug altertümliche Forscherkleidung, dazu feste Stiefel und eine Art Kappe, die durch ein über den Nacken fallendes Tuch verlängert war. Eine Hand stolz in die Hüfte gestemmt, stützte er die andere auf seinem Gehstock ab. Nachdenklich blickte er in die Ferne. Unter seinen Füßen war für mich schwer lesbar ein Name eingemeißelt. Bedeutsam trat Jonas vor. Theatralisch warf er die Arme in die Luft, räusperte sich und sprach hocherfreut: „Dr. Livingstone, I presume?!"

Kopfschüttelnd gingen die Anderen an ihm vorbei und folgten dem Weg weiter, der uns durch das regenwaldartige Gestrüpp alsbald an den Rand einer dampfenden Schlucht führte. Für ein paar Augenblicke standen wir reglos da, gebannt von dem Anblick, der sich uns bot. Unter ohrenbetäubendem Lärm stürzte sich direkt vor uns der Sambezi in die Tiefe des Canyons, der über tausende Jahre vom Wasser ausgehöhlt, Simbabwe und Sambia voneinander trennte. Auf einer Art Ausguck standen wir umgeben von wildwachsenden Bäumen dem Ursprung der Fälle direkt gegenüber. Durch die moosbewachsenen Zinnen des von dichter Gischt verschleierten Felswalls strömte das Wasser über den glatten, schwarzen Granit in die Tiefe. Von mehreren Lagen Schutt und Geröll in kleinste Teilchen zerstoben, stieg es wie ein gigantisches Nebelwesen über unsere Köpfe in die üppigen Kronen der Bäume. Das andauernd rauschende Getöse des Wassers, das vom Licht der Sonne durchwandert diesen Ort in den schönsten, leuchtenden Farben glänzen ließ, schuf eine gleichsam bedrohliche, wie atemberaubende Stimmung. Staunend folgten wir dem Weg, der an diesem tiefen Riss in der Erde entlangführte und bewunderten das Schauspiel, das der mächtige Sambezi uns hier vorführte. Brauner und schwarzer Stein wechselten sich ab und die anfangs noch steile, glatte Wand zerfiel zu einer groben, immer weiter zerschlagenen Anhäufung von Felsen. Bald waren ganze Abschnitte von Moos bedeckt, bald wirkten sie wieder kahl und wie tot. Doch hier, wie dort sprühte das Wasser über alle Hindernisse hinweg, staute sich schäumend auf oder tropfte im sanften Rinnsal ungestört in die Tiefe, wo sich am Ende alles wieder miteinander vereinte. Die tropische Waldlandschaft öffnete sich immer mehr und dort, wo die Zuflüsse weniger stark waren und der Boden um den Abgrund sicher schien, konnten wir tief hinunterblicken und dem Fluss dabei zusehen, wie er sich langsam von der Zerstäubung erholte und durch das schwere Geröll sich kämpfend seinen weiten Weg zum Indischen Ozean fortsetzte.

Lange verlor ich mich in dieser wie von der Wirklichkeit abgeschnittenen Welt. Ich genoss die Distanz, atmete die frische Luft und lauschte dem unaufhörlichen Prasseln des Wassers.

47. Elephants have the right of way!

Am folgenden Tag verließen wir die Region um Kasane. Auf dem Weg nach Maun blieben wir für die Weihnacht in einem eigenartigen Camp, namens Elephants Sand. Um eine teilweise zertrampelte Wiese, die auch für Camper gedacht war, reihte sich ein Bogen leicht erhöhter Häuschen, der in einem kleinen Gebäudekomplex aus Rezeption und Restaurant endete. Gleich daneben, also mitten auf dem Gelände, war ein Wasserloch angelegt, sodass in unregelmäßigen Abständen immer wieder Elefanten über den Platz liefen und sich neben dem Restaurant erfrischten.

"Elephants have the right of way!", prangte unter der Rezeption als Grundregel Nummer 1. Wir kehrten ein und als wir gerade anfingen, zu kochen, begann es zu nieseln. Der sich schnell verdunkelnde Himmel und der aufkommende Wind versprachen, dass es dabei nicht bleiben würde.

"Phardabe... Phalamei..., Papag..., nee... Ähm Phala... Phalagei...?" Angestrengt stotterte Jonas irgendein wirres Zeug vor sich hin, als suche er ein ganz bestimmtes Wort. In diesem Moment erhellte ein gewaltiger Blitz die schon fast nachtschwarze Umgebung für eine Sekunde zum Tage. Sofort folgte dem ein Donnern, als würde die Erde *auseinanderbrechen*. Mutig setzte Jonas alles auf eine Karte: "Das Auto ist doch so ein Pharaoenkäfig, oder? Vielleicht sollten wir drinnen essen?" Drei Augenpaare blickten ihn verwirrt an. Simon grinste: "Du meinst einen Fara..." Wieder ein gleißendes Licht, gefolgt von einem tiefen Grollen, das seinen Satz vollkommen verschluckte.

Der Blitz hatte die prallgefüllte Wolkendecke aufgerissen, Julia und Laura nickten einfach Richtung Auto, jeder nahm Teller, Topf oder Besteck und stürzte sich hinein, als das

Land auch schon geflutet wurde. Die Türen wurden zuge-schlagen und abwechselnd Reis oder Salat herumreichend, aßen wir gemütlich, während das Unwetter draußen ausgelas-sen tobte. "Das Auto", begann Simon mit vollem Mund "ist ein *Faradayischer* Käfig." - "Meinte ich doch!" Bestätigte Jonas. "Die Karosserie des Autos ist eine geschlossene Hülle aus elektrischen Leitern, die uns vor einem etwaigen Blitzschlag abschirmt. Dieses auf die Influenz beruhende Phänomen, sorgt dafür, dass..." - "Der Blitz wird beschäftigt und kommt nicht durch?" unterbrach ihn Laura. "Genau." Verständiges Nicken.

Das Gewitter zog recht zügig vorbei und als wir fertig ge-gessen hatten, begaben wir uns zum Platz neben dem Was-serloch. Eine Handvoll Besucher saß bereits mit einem küh-len Getränk auf den Sitzgelegenheiten und beobachtete die drei Elefanten, die sich gerade hier aufhielten. Einer von ihnen, der jüngste, schien etwas Schlechtes gegessen zu ha-ben. Er hatte Durchfall und rannte, völlig verwirrt über dieses neue, eigenartige Gefühl, auf dem ausgelatschten Matsch herum, während seine Begleiter in aller Ruhe tranken und still in sich hinein grinsten. Als der Kleine gerade in ihrer Nähe stand, hob einer seinen Rüssel und spritzte ihn von oben bis unten mit kaltem Wasser ab. Er erschrak ganz fürchterlich, schüttelte sich wild und torkelte einige Augenblicke noch auf-geregter umher, bis er langsam ruhiger wurde, ein paar vor-sichtige Rüssel Wasser trank und schließlich mit den anderen weiterzog. Sie liefen über die Wiese an unserem Auto vorbei und verschwanden irgendwo hinter der Hausreihe im Busch. Das schlechte Wetter schien vorbeigezogen zu sein, also bau-ten die vier ihre Zelte auf, während ich ein Tokopärchen be-obachtete, das sich nebenan bei einem krummen, abgestorbe-nen Baumstamm aufhielt. Einer der beiden saß an dessen höchster Stelle und hielt mit kritischem Blick die Umgebung im Auge. Im unteren Bereich war ein Loch zu sehen, das nun der zweite Toko, der gerade von der Jagd zurückkehrte, ansteuerte und geschickt hineinkletterte. Nach einer Weile kam er wieder aus dem Baum geschossen und flog eifrig davon. Meine Augen folgten ihm und sprangen dann zwischen der Tokowohnung und meinen Begleitern hin und her. Ich suchte ihren Blickkontakt, um abzuschätzen, ob ich mich irrte. Oder ob im Baumstamm nebenan tatsächlich eine kleine Tokofamilie lebte.

48. Alarm...

Die anderen gingen zum Restaurant für ihr Weihnachts-
fest, während ich es mir schon mal im Auto gemütlich
machte. Es war mollig warm im Hilux und die letzten Strahlen
der Sonne heizten meinen Lieblingsplatz unter der Windschutzscheibe noch einmal richtig schön auf. Ich drehte mich
noch ein paar Mal hin und her, bis ich genauso lag, wie ich es
gern hatte. Die Augen wurden mir langsam schwer und ich
atmete noch dreimal tief durch.

„Das Leben ist fantastisch", dachte ich mir noch. Doch als
ich gerade dabei war, friedlich einzuschlummern, ging plötzlich diese vollständig bescheuerte Scheißalarmanlage los, die
mich aus meinem wohlverdienten Schlaf *herauskatapultierte*,
noch bevor er richtig begonnen hatte. Wie ein aufgeschreck-
tes Helmperlhuhn fuhr ich hoch, verlor natürlich sofort das
Gleichgewicht und fiel tief bis in den Fußraum des Beifahrer-
sitzes. Genervt klopfte ich den Staub von mir und machte
mich an den beschwerlichen Aufstieg über die Gangschaltung
und die Klimaanlage bis zum Rückspiegel. Draußen kam Simon angelaufen, um den Lärm zu stoppen, den Elefanten ja
so *gar nicht* leiden können. Und die Menschen, die in aller
Ruhe mit Blick auf ein paar trinkende Elefanten ihr Weih-
nachtsessen genießen wollten, wohl auch nicht unbedingt.
Der schrille Ton verstummte, als ich gerade wieder oben an-
gekam. In weiser Voraussicht band ich meinen Fuß mit einem
schwarzen Kabel am Spiegel fest und drehte mich auf die
Seite. Das Gefühl von Ruhe durchströmte mich. Es kam langsam, doch es arbeitete sich beständig von den Ohren über die
Stirn bis in den ganzen Körper vor, bis schließlich... Schon
wieder dieser Lärm losging! Wieder zuckte ich zusammen,
versuchte noch Halt zu finden, doch baumelte schon im
nächsten Moment kopfüber über Jonas' stinkenden Sandalen.

Ich wand mich wild schnaubend umher und verfluchte die Welt. Bald merkte ich, dass ich dadurch Schwung bekam, den ich nun zu steuern versuchte. Nach einiger Zeit wurde draußen wieder die Tür geknallt, das schrille Geräusch verstummte, während ich zwischen Gangschaltung und Türklinke hin und her pendelte und versuchte eine davon zu fassen zu bekommen. Endlich erreichte ich den Steuerknüppel, klammerte mich fest daran und fand meinen Weg nach oben. Dort angekommen, ging der Krach schon wieder los, stoppte und fing wieder an. Tobend vor Wut stampfte ich auf dem schwarzen Plastik herum und verfluchte alles, das jemals Lärm gemacht hat. Irgendwer stand draußen und werkelte ungelenk am Kofferraum herum, der übrigens aus zwei Klappen bestand. Die eine öffnete nach unten, die andere nach oben. Die untere musste zuerst geschlossen werden, die zweite darüber. Nun scheint es ausreichend, dass nur die obere über der unteren *abgesperrt* werden muss, weil diese dadurch ja jene blockiert. So scheint es. Die Alarmanlage war jedenfalls anderer Meinung und sah die Sicherheit des Autos in Gefahr, sperrte man nicht beide Türen einzeln ab. Das wurde zumindest Simon von einem der Restaurantgäste zugerufen. Er führte aus, was ihm empfohlen, murmelte etwas in sich hinein und ging zurück. Noch leicht misstrauisch legte ich mich wieder hin und kuschelte mich in Julias Schal.

Endlich fiel ich in einen tiefen, ungestörten Schlaf, aus dem mich erst das Gezwitscher der Nachbarn und die Sonnenstrahlen des nächsten Tages wieder auferstehen ließen.

49. Luftfeuchtigkeit

Die Fahrt nach Maun, der Tourismusmetropole Botsuanas, führte uns zuletzt über diese Frechheit von einer Straße. Nachdem wir im Norden Namibias ja auf unerwartet gut erhaltenen Straßen gefahren waren, holten uns die dort ausgebliebenen Schlaglöcher doch noch ein. Julia und Laura wechselten sich ab, in Schlangenlinien um die tiefen Mulden herum zu kurven. Wir konnten sehr froh sein, dass uns niemand entgegenkam, denn nicht selten benutzten wir die Gegenspur. Die Rückbank versuchte sich abzulenken oder fieberte im Stillen mit, alle atmeten auf, wenn es mal wieder knapp gewesen war, bis es nach so vielen Erfolgen schließlich doch laut rummste. Geschockt blieben wir stehen und Ingenieur Simon inspizierte den Wagen. An dessen Unterseite bemerkte er eine Stelle, aus der eine durchsichtige Flüssigkeit tropfte. Ohne jedoch einen Schaden, wie eine zerstörte Leitung, feststellen zu können. Da keine Signallämpchen aufleuchteten und der Hilux auch tapfer startete, ohne zu meckern, setzten wir unseren Weg fort, wobei wir nach zehn Kilometern noch einmal prüften, ob sich etwas getan hatte. Ohne Probleme ging es auch nach zwanzig Kilometern noch weiter, sodass wir beschlossen, die letzten dreißig nach Maun auch noch hinter uns zu bringen und dort eine Garage anzufahren. Die Klimaanlage wurde ausgeschaltet, da niemand sie zu brauchen schien. Außerdem arbeitet der Fachmann nach Ausschlussprinzip. Am frühen Abend des zweiten Weihnachtsfeiertags standen wir also auf dem Parkplatz der erstbesten Tankstelle Mauns und diskutierten, was zu tun war. Eine Garage anzufahren würde bedeuten, dass wir den Autovermieter, dessen persönliche Nummer wir für Notfälle hatten, vermutlich beim besinnlichen Genuss des weihnachtlichen Abendmahls stören müssten, was wir eher vermeiden wollten. Als Simon nochmal unter das Auto kletterte, diagnostizierte er eine starke Abnahme der zuvor ausgetretenen Flüssigkeit. Da die Klimaanlage ja seit einer knappen Stunde ausgeschaltet war, hatten wir da so eine Ahnung. Als Gegenprobe wurde sie wieder angestellt und wir fuhren den restlichen Weg zum Campingplatz. Dort angekommen sahen wir nochmal nach und bemerkten, dass es wieder verstärkt tropfte. Unsere Annahme wurde also bestätigt und wir kamen uns ein wenig dumm vor.

Bei der Flüssigkeit handelte es sich schlichtweg um Kondenswasser. Zuvor hatten wir das nur noch nie bemerkt, da es in Namibia ja keine Luftfeuchtigkeit gibt, während Botsuana voll damit ist. Dem Unglück um ein Haar entgangen und froh darüber, die grauenhafte Straße hinter uns gebracht zu haben, buchten wir die Tour für den nächsten Morgen.

50. Einmal auf Augenhöhe

Ein offener Jeep brachte uns über eine längere Sandstraße, vorbei an einem Militärgelände, zu einem niedlichen Dorf am Rande des Okavangodeltas. Hier standen ähnliche Rundhütten wie im Norden Namibias und die Bewohner des Dorfes, die offenbar nicht zum ersten Mal Touristen empfingen, grüßten uns freundlich. Wir wurden an einen geschwätzigen Mann namens Freddy und eine eher ruhige Frau übergeben, die je zwei von uns auf einem ihrer Boote unterbrachten. Vorsichtig setzten wir uns in das Mokoro. Das Mokoro ist ein recht langes, aber schmales, sehr schnittig gebautes Boot. Ursprünglich aus einem einzigen Baumstamm gehauen, wird heutzutage immer öfter Glasfaser dafür verwendet. Mit einem langen Stab stößt der Bootsführer sich vom Boden ab.

Die Beiden stellten sich aufrecht hinter uns und mit einem leichten Wanken bewegten wir uns vom sicheren Ufer in das sumpfartige, von Schilf durchwachsene Gewässer. Stumm glitten wir voran. Überragt vom Schilf, das wir mit unseren Fingern berühren konnten, fühlte ich mich, als begegneten wir der Natur das erste Mal richtig auf Augenhöhe. Mir schoss ein Gedanke durch den Kopf: "Gibt es hier nicht auch…?"

Da lichtete sich das Schilf etwas und wir drehten an einer breiten Stelle des Flusses bei. Schon verwirklichte sich meine Befürchtung. Einen Steinwurf entfernt standen zwei Nilpferde im Wasser und beobachteten uns. Nur ihr Kopf schaute halb heraus, was ausreichte, um zu verstehen, dass wir sie nun wirklich nicht verärgern sollten. Kein Jeep, kein Motorboot, das im Zweifel einfach Gas gab, würde uns hier schützen können. Ein wirklich eigenartiges Gefühl von Fairness beschlich mich. Bald stießen wir uns wieder los und glitten weiter schweigend durch eine schmale Abzweigung des

167

natürlichen Kanalsystems, das an den Seiten von hohen Gräsern eingefasst war. Überall schwammen prächtige Wasserlilien mit weißen und gelben Blüten. Eine Weile begleitete uns ein schwarzweißer Kingfisher, der immer wieder mit den Flügeln schlagend auf der Stelle flog, den suchenden Blick auf das Wasser gerichtet, bis er blitzschnell herab zischte und abtauchte.

Wir tuckerten für einige Zeit durch diese verträumte Idylle, die nur hin und wieder von den Stimmen der Bootsführer unterbrochen wurde, die sich auf *Setswana* unterhielten; Eine rätselhafte Welt zwischen Himmel und Wasser, die durch das undurchsichtige Gebüsch von Schilf miteinander verschmolz.

Irgendwann erreichten wir eine Stelle, die wie ein Ufer inmitten des noch nicht vollständig überschwemmten Deltas aussah. Unsere Boote bohrten sich leicht in den bewachsenen Schlamm und während Freddy ein paar Schlücke Wasser direkt aus dem Fluss trank, stiegen wir vorsichtig herüber auf den schnell fester werdenden Boden. Julia blickte Freddy verwundert an: "Don't you get sick from drinking this?" Er grinste nur und fuhr mit seinem Zeigefinger vom Hals die Kehle herunter. "I have chlorine in my throat. It filters the water, so it's no problem." - "I would get stomach hurt." Erwiderte sie beeindruckt. "Yes, for you is big problem."

Einem Weg durchs Dickicht folgend kamen wir zu einer kleinen Baumgruppe am Rande der sich öffnenden Ebene. Später im Jahr, erklärte Freddy, sei es hier schon überschwemmt, doch bisher habe es noch nicht genug geregnet. "Also, there are no toilets like in...", er machte eine vage Handbewegung in Richtung Zivilisation. "Here the toilets are everywhere. But always keep your eyes open! This is buffalo area." Die Frau blieb zwischen den Bäumen sitzen, während er vorausging, um mit uns zu Fuß durch die Wildnis zu streifen. Wir legten unser Schicksal nun also vollständig in die Hand dieses erfahrenen Führers. Wir erreichten ein Loch, vor dem ein großer Fußabdruck zu sehen war. "Who knows the animal.", fragte er in die Runde. Es handelte sich um den Abdruck eines Nilpferdes, wie er uns bald erklärte. Das Loch sei jedoch von einem Ameisenbären gebaut worden.

"Never stand *in front of* a hole like this! When there's an animal inside, it can't get out, so it gets scared and bites. When a snake is in your room, and the door is open, is no problem. But you must not stand in its way. We encourage tourists to always walk in a straight line. This way animals in our path will have space to get away. If you go next to each other, it can't escape, so it panics and bites." Schon seit Urzeiten waren diese Regeln bestätigt worden. Dabei lief der Schamane oder Anführer einer Gruppe nicht etwa vorne, sondern ganz in der Mitte, da er der wichtigste der Gruppe war.

Kurz darauf sahen wir einen Haufen Elefantenkot, der eigentlich nur noch wie verfaultes Stroh aussah. "Elephants are very important.", sagte er bedeutungsvoll. Der Kot sei natürlich sehr guter Dünger. Außerdem verdauen Elefanten unglaublich schlecht, der größte Teil ihrer Nahrung wird unberührt ausgeschieden. Das liefert Futter für Antilopen, Paviane und die verschiedensten Vögel. Schon bald sahen wir einen weiteren, pyramidenförmigen Haufen an einer Stelle, wo zwei, drei ausgewachsene Palmen von einigen nur nashornhohen umgeben waren. Freddy klopfte an und wartete. Dann drehte er den Haufen um und es kamen ein paar kleine Insekten und Sprösslinge zum Vorschein. Die Paviane machten das genauso, erklärte er. Manchmal finden sie Skorpione oder andere schmackhafte Leckereien darunter. Er zeigte erst auf die austreibenden Samen, dann auf die ganzen Bäume um uns herum. "You see?" Wir folgten weiterhin dieser Spur und nach kurzer Zeit sahen wir in einiger Entfernung tatsächlich einen jungen Elefanten an einem Bäumchen knabbern. "We must be very careful now. It's a young male. If you look closely, you will see it." Es sei gerade Brunftzeit, in welcher die Männchen sehr aggressiv sein können. Auf seinen Schläfen könnten wir jetzt ein dunkles, zähflüssiges Sekret herunterlaufen sehen, das zu dieser Zeit abgesondert wird. Wir entdeckten einen zweiten, größeren Elefanten in der Nähe einer Zebraherde. Wir machten einen großen Bogen um ihn, da er aufgehört hatte, mit seinen Ohren zu wedeln. Das bedeutete nämlich, dass der vorher entspannt fressende Elefant nun aufmerksam geworden war.

„The zebra is the national animal of Botsuana.", begann Freddy, als wir nahe der Herde Halt machten. „Not the elephants?", fragte Laura überrascht. „Because there are so many of them?" - "Yes, but there are also many zebras.", entgegnete Freddy und erzählte die Geschichte eines botsuanischen Präsidenten, der sich einst entschlossen hatte, eine weiße Engländerin zu heiraten, obwohl das seine Unterstützer gar nicht gern sahen. Für ihn stand das Zebra symbolisch dafür, dass Menschen schwarz, aber auch weiß, oder braun sein können, doch im Innern alle gleich sind. Deshalb war das Zebra Botsuanas Wappentier geworden.

Wenig später sahen wir eine Gruppe Zebras mit einigen Impalas und Gnus zusammen grasen. Freddy erklärte, dass sich diese Tiere gegenseitig sehr gut ergänzten. Die Gnus fressen das obere Gras und die Antilopen das untere, an das die Gnus nicht herankommen. "Now we saw another one of the *Ugly Five*.", sagte er völlig zurecht. "What are the *Ugly Five*?", fragte Laura interessiert. "Hippo, Gnu, Marabu, Hyena and

Baboon." Julia widersprach vehement, denn sie fand Hyänen ja gar nicht hässlich.

Wir liefen weiter durch das Feld und näherten uns wieder der Baumreihe. Freddy erklärte uns beiläufig, dass wir, falls jetzt ein Büffel aus dem Busch herausgestürmt käme, gar nicht zu versuchen brauchten, wegzulaufen. Die beste Überlebenschance hätten wir in diesem Fall, wenn wir dem Tier entgegenrannten und versuchten, ihm auszuweichen. Gut zu wissen auf jeden Fall, danke schön. Einer der Bäume, der sich neben höherem Gestrüpp aus dem Flachland erhob, weckte unsere Aufmerksamkeit. Nach einigen Metern penibel geraden Verlaufs verzweigten sich seine oberen, mächtigen Äste zu einer Krone, die so aussah, als wäre der Baum falsch herum aufgestellt worden. "We call it the Up-Side-Down-Tree." Der BaoBab Tree oder Affenbrotbaum schien bis ins Mark nur aus Rinde zu bestehen und war so breit, dass die ganze Gruppe zusammen ihn nicht hätte umarmen können. Auf der uns abgewandten Seite waren drei weise, alte Gesichter in die Rinde gewachsen, wie eine Dynastie von Fürsten des Deltas. Daneben war der Stamm noch ungeformt und teilweise spröde. Freddy riss sich ein paar Fasern heraus, die er auf dem Rückweg in einer Pfütze befeuchtete und beständig bearbeitete. Wir kehrten zu der Baumgruppe zurück, bei der die Bootsführerin bereits mit einer Mahlzeit für jeden von uns wartete. Während wir aßen, baute sie auf einem bunten Tuch einige Schnitzereien neben Kettchen und Armbändern auf. Freddy knüpfte eine Schlinge aus seinem Seil aus Baobabfasern und hing sie an einen gespannten Ast, sodass ein Tier, das vorbeikam, sich darin verfangen konnte. Er führte uns mehrmals vor, wie die Falle funktionierte, wie ein gefangenes Tier durch panisches Zappeln und Ziehen immer unausweichlicher seinem Ende entgegenarbeitete, bis es schließlich keine Kraft mehr hatte und endgültig aufgab.

51. Vorbei

Als um 7:30 Uhr schließlich der Wecker klingelte, lag ich schon eine Weile wach. Ich streckte meinen Arm aus und schaltete auf *Schlummern*. Nur noch fünf Minuten. Alles in mir sträubte sich dagegen aufzuwachen, diese Traumwelt loszulassen, aufzustehen. War es schon...? Es war vorbei. Krampfhaft hielt ich meine Augen geschlossen, klammerte mich fest an der Welt, durch die ich gerade noch wie selbstverständlich geschlendert war. Etosha. Hyänen, Elefant Manni, die Schwärme der Webervögel. Die endlosen Straßen durchs Nichts, die... *Die Robben*. Ein Schauer lief mir über den Rücken. Diesen abscheulichen Ort würde ich so schnell nicht vergessen.

Der Wecker klingelte erneut. Ich setzte mich langsam auf und rieb mir die Schläfen. *Swakopmund*. Was war das nicht für eine seltsame Küstenstadt, zwischen Atlantik und Namib, untrennbar von ihrer kolonialen Vergangenheit. Der Spaziergang bis an den Rand der Wüste. Ich seufzte. Das war Wahnsinn. Ich dachte an das Gefühl des Triumphs, als wir den Gipfel dieser gigantischen, roten Düne erreicht hatten, an den Weg nach unten, an ... *Dead Vlei. Die Mondlandschaft, der Marabu* in der Abenddämmerung, *Spitzkoppe* und das seltsame Gefühl, durch diese runden, felsigen Kunstwerke zu laufen; die Schatten, die das Lagerfeuer auf ihnen tanzen ließ. Ein so eigenartiger Ort, wo die Spuren aus allen Weltaltern in einer warmen, tief schlummernden Einsamkeit zusammentrafen. Ich seufzte erneut, stand auf und kochte Kaffee. Eine große, volle Tasse heiß dampfenden Kaffees. Was braucht man schon mehr? Ein Bett vielleicht. Eines, das sich nicht bewegt. Ein gewohnter Ort, wo man jeden Morgen zufrieden aufwacht? Gewohnheiten, die jeden Menschen so einzigartig machen, eine Heimat, die uns vermeintlich Rückhalt und Sicherheit verspricht?

Mit Kaffee und einem großen Löffel Erdnussbutter bewaffnet klemmte ich mir *Witara* unter den Arm und setzte mich auf die Veranda, wo der alte Kameldornbaum frisch vor der hell glänzenden Savannenlandschaft aufblühte. Ob er die nahende Regenzeit spüren konnte? Es wurde schnell wärmer und schon bald stieg ein Gefühl der Sehnsucht in mir hoch. Sehnsucht nach der Zeit des Tages, wenn es zu dämmern begann und sich die Welt um mich erst langsam, dann schlagartig abkühlte.

Ich dachte an diesen einen Abend, an dem ich das erste Mal hier draußen gesessen war, um den Flug der Schwalben zu beobachten, die kurz vor der Dämmerung noch ein letztes Mal auf Jagd gingen. In atemberaubender Geschwindigkeit und beeindruckender Präzision zogen sie weite Kreise, mal weit über den Kronen der Bäume, dann so nah an meinem Kopf vorbei, dass ich den Luftzug ihres Flügelschlags spürte. Die Sonne versank friedlich hinter den Hügeln, tauchte die *Omaheke* in ein rötliches Licht. Die Schwalben verschwanden langsam und innerhalb einer Stunde war es stockdunkel. Die volle Pracht des Nachthimmels entfaltete sich und legte einen Schleier einsamer Ruhe über diesen Ort, der so friedlich wie furchterregend war. Still sinnend gab ich mich diesem unwirklichen Ort hin, atmete die reine Luft, verlor mich im unbegreiflichen Gewirr der Sterne.

Wie aus dem Nichts war irgendwann mein Gastgeber unbemerkt hinter mich getreten und brach die idyllische Stille mit einem einzigen, mahnenden Satz:

„When you go back, you will miss this place."

Eine schaurige Kälte durchfuhr mich, ich holte tief Luft. Denn ich wusste sofort, wie Recht er hatte.